# 2017年度诗人选

朱零 编选

作家出版社

# 目　录

9

# 辰 水

## 变异的故乡

### 1

风吹过城镇，也吹过田野。那时间的风
它像一匹脱缰的马，
拉着一个又一个的村庄，奔驰……
在颠簸之中，它们变形，也变异
被折叠，也被扭曲。

一只光怪陆离的怪兽，
它在深夜跑出来，惊动数个村里的居民。
然而，他们谁也无法抓住
这只变幻的精灵。它是欲望，从人们的内心里
跑出来——

在黑暗中，它身上的鬃毛，闪闪发亮。
夜晚。风吹过它
如同一只狮子的孤独。

### 2

流过村镇的河流，它再次被掺入工业的废渣。
虚假的河水，
投射在它上面的倒影，也变得张牙舞爪。

一个流域的积怨，全被抛弃在里面
即便是再大的风雨也无法化解。
一个投河自尽的妇女，她的死因有若干个版本
但她肯定不是一个外星人。

当河流在一夜干涸之后，
淘金的异乡人扬起的沙尘，遮蔽了半个村庄。
闪光的金子，
它的每一个棱面，都足以照亮
一个人逼仄的内心。

3

更多的青山，被蚂蚁搬走
卡车一样大的蚂蚁，它们疯狂地吃掉一座座山头。
在力量面前，连巨石也不得不
听从于机械的命令。

在满目疮痍的山区，那飞来的巨大深坑
像是宇宙的秘密符号。
作为故乡人，我惊愕，并无法直视
无法追问，到底是谁
偷走了多少黑色的石头？

——这些土中的铁，大地的骨殖。

4

当雷声从村落的上空滚过，
沐浴在雨水中的庄稼，再次复活，成为不同的父亲。
一个歉收的田野，土地被分割成
不同的形状，张望着天空。

镰刀从空中掉下来，
收割茅草，也割刈看不见的电波。

从大地的深处，被挖掘出的遗骸
早已无人祭祀，
车轮碾轧之后，又重新融入土中。
而饥饿却并不遥远，
我像一只带电的老鼠，贮藏着人间的粮食。

## 5

机器也取走了我体内的骨骼，
那些泥土做的骨骼，有着农业的气息。
雨水从天空坠落，
可大地上早已没有了一块稻田。

一个期盼丰收的国度，却注定要两手空空。
在工业时代，大米和鸡蛋
足以以假乱真。
那些流水线上的产品，再一次
让贫瘠的胃，穿过黑暗的玻璃。

## 6

在星星失踪之后，人们又重新装饰了天空。
亘古的星宿，
它们在霓虹灯里找到了自己的位置。
大旱之年，连天上的银河
也接近干枯，
而人间一个火星的愿望，又怎么会轻易兑现？

死后的祖先，他们仿佛是藏匿的星星。

光从墓穴中发出，
那照亮我们彼此面容的光线，
是萤火，还是烛光？
时代的发电机，高速旋转。
一个黑如白昼的故乡，鬼魅丛生。

## 7

拆迁后的废墟，成了庆功的舞台。
在红地毯走过的地方，
浇筑上了黑色的沥青。
傍晚，我一个人穿越广场。表演者都长着
一张张夸张、修饰过的面孔。

我是沉默者。也是逃离者。
欢乐属于众人喧哗的夜晚，孤独却如
清冷的灯盏。

在拥挤的人群深处，
复合的欲望像发臭了的鲍鱼。我抽身而去
却最终还要撞上一面游动的悬崖，
令自己静止不动。

## 8

面对故乡的问询，
我们早已习惯彼此来虚构自己的行踪。
一个不断修改着门牌号的人，
怎么能热爱异乡的山水？

在最低的草丛里，也藏有飓风一样旋转的梦想。
整个村庄的人，被简化成编码

藏进公文夹里。
他们沉睡，却不知何时苏醒。

而在田地里劳作的肉体，并非真实。
他们的体液成了地球的一部分，
却无法进入纸上的故乡。

## 9

书架之上，每一本书就是一个故乡。
活动的册页，犹如奔跑的建筑
在乡间积聚幽灵。
一个被挖掘机轻轻举起的村庄，它砍断的根须
已无法复活。

一截故乡的脐带，被轻易截断。
那些注定无法返乡的人，在异乡埋下胎盘。
黄昏之后，我试着返回故乡
可每一个故乡都变得面目全非，越来越像是另一个异乡。

破茧而出的蝴蝶，
它感受到了飓风的力量。
茧衣似的故乡，早已破碎。蝴蝶的子民，注定要寻找
另一片迭变的山谷。

## 伐木丁丁

下午，三点。
我又遇见了那个伐木人，和那闪亮的锯子。
一个偶尔的钟点工，

他对树木有着天然的敌意。
一棵棵倒地的树，它们的亡灵
早已游离于大地之外。
古老的秋天，再一次被演绎成头颅落地，
或者是在手机上清扫一遍堆积的落叶。
一声声刺耳的尖叫，
似乎代替了古老的伐木之声，
诗意戛然而止。
然而，他砍伐的并不是一片森林。
只是河堤边的杨树，一行速生的舶来品种。
几个操着南方口音的异乡人，
他们为轰然倒地的躯干买单。
一切生活的秩序，
并不因此而改变，或节外生枝。
河水依旧南流，
搬运木材的卡车交换着发酵的纸浆。
而我距离这一切并不遥远，
在日益凋敝的乡村，
我不停地砍伐自己的丛林，在一张纸上。
每一行字，都几乎倾倒
都几乎被连根拔出——


## 用麦穗加冕

在乡间，诗人给自己加冕。
统治的区域只有六百多个平方，仅有
一千零一条害虫和逃窜到此的
三只蚂蚱。
没有一个可依仗的重臣，

没有一只益虫来替我消灭敌人。
我用一捧麦穗置于头顶，
自己便成了孤王。
一个国家的律条，我既是制定者
也是遵守者；
对于草菅虫命，只有自己审判自己。
如果轰隆的收割机碾过，
我的帝国瞬间崩坍了，
成了偏居一隅的皇帝。
只关心诗句，
不热爱粮食。


## 我们埋葬下闪电

除了闪电，我们还有什么无法埋葬。
一个人就是一道闪电，他奔跑时，闪电也在跑。

昨夜的雨，直到今天还没有滴完，
收藏它们的容器满了，溢出的水变成了污垢。

没有种植者，许多的木耳也会暗暗出生，
可是依然还无法称量一根朽木的重量。

我躲在明亮的玻璃后面，闪电朝我袭来……
却怎么也无法击中我。


## 蜗牛火车

再也没有比这列火车更小的火车了

它在墙角下最潮湿的地方建设着轨道、车站、月台……
连候车室也是袖珍的
容得下打盹瞌睡的蚂蚁和不醉不归的蜜蜂
抱头鼠窜的永远是那些潮虫，把伤残的大腿
一截一截地留在了站台上

这样的火车就要启程了
需要十八只蜗牛的力量
需要十八只蜗牛同时发动它们的马达
让这列火车的速度达到每小时八米
让这列火车一生也跑不出一座村庄

如果换作我，把一个童年的我塞进这样的一列火车
一直要坐到两鬓斑白
还是到不了自己的墓地
还是看不到自己把自己烧成一捧灰
那样是不是有些悲伤

可我宁愿让自己慢些，慢下来
把自己藏身于蜗牛的壳里
不管世界怎样旋转，不管壳外风雨阴晴
我就这样一生寄居在一只蜗牛的壳里
等待着一列蜗牛火车载着我回家


## 另一盏马灯

已经熄灭了二十三年的马灯，如同我的
另一个父亲
无论怎样，都无法点燃它

它的底部，有着五厘米长的裂缝。足可以泄漏出
无限的煤油，和数不清的灵魂

而另一盏马灯，却早已没有了去向
它曾经照亮的房间，被拆了
灯光下的容颜，也不见了
甚至，黑夜里一闪而过的白薯片
也要钻入土里
马灯是铁的，还带着火焰
可要熄灭它，也仅仅只需要
一捧微不足道的黄土

孤独如斯的马灯，我敲打它
会抖落一地的碎屑
那里面的每一个微笑的颗粒，都如同旧时光
被掺进了盐
在舌尖上都是咸的


# 雪 人

为了重新塑造另一个雪人
我把那个残损的雪人——解肢
这是它的头，那是它的腿……

哦，这些折了的胳膊，这些折了的腿
这些被拧歪了的鼻子
这些被安置倒了的嘴
——它们都要被再次嫁接
重新复活过来

9

在冬天，只有天空布满阴霾
只有冷风吹彻我们的骨头
才会有闪亮的雪花从天上落下来
才会有一个个的雪人降生在大地上

而我为了一个雪人的美
残忍地杀死了另一个丑陋的雪人


## 地 窖

那些被安置在乡间的不规则地窖
没有一个里面不埋藏着红薯，不埋藏着白骨
奄奄死去的铁门
把守着白雪皑皑的又一个冬天

让一个地窖苏醒
需要吹进一吨的空气，甚至要
敲响十面锣鼓
可这些并不能妨碍我们
依次跳进地窖
来测一测它的深度——

那深不见喉的黑暗，那扑灭一支烛火的黑手
往往瞬间就引领我们
集体上升
而下沉的永远是炽热的金属
是不断萎缩的肉体

多年前，为了获取一日的食物
父亲用一根火柴照亮了整个地窖
在隐约的光亮中，我看到了
他幽暗的头部……


## 死亡的钟

挂在墙上的钟，它已经死了。
无异于一具干尸。
它却不肯轻易地掉下来，
砸碎地上的灰尘。
在墙的巨大阴影里面，三枚指针
组成的剪刀
轻易不会张开嘴巴。

父亲是另一个钟，
五十一年的发条，最终被自己拧断。
腹腔中肿胀的电池，
流出了汁液——
那，仿佛是他一生中最神秘的部分。

一个钟归隐土中，一个钟爆裂于火焰。
上帝收留它们的方式，
如同收割麦子。
在饥饿的人间，每个人都在大口地
吞咽着光阴，
都在给自己体内的钟
上紧发条。

# 陈先发

## 在永失中

我沿铿亮的直线由皖入川
一路上闭着眼，听粗大雨点
砸着窗玻璃的重力，和时光
在钢铁中缓缓扩散的涟漪
此时此器无以言传
仿佛仍在我超稳定结构的书房里
听着夜间鸟鸣从四壁
一丝丝渗透进来
这一声和那一声
之间，恍惚隔着无数个世纪
想想李白当年，由川入皖穿透的
是峭壁猿鸣和江面的漩涡
而此刻，状如枪膛的高铁在
隧洞里随我扑入一个接
一个明灭多变的时空
时速六百里足以让蝴蝶的孤独
退回一只茧的孤独
这一路我丢失墙壁无限
我丢失的鸟鸣从皖南幻影般小山隼
到蜀道艰深的白头翁
这些年我最痛苦的一次丧失是
在五道口一条陋巷里
我看见那个我从椅子上站起来了

慢慢走过来了
两个人脸挨脸坐着
在两个容器里。窗玻璃这边我
打着盹。那边的我在明暗
不定风驰电掣的丢失中


## 在火锅店论诗中

杯斛鼎沸的火锅店忽然闯入了
一只蝴蝶
这让交谈有了难度
它转眼又不见了
它斑斓的苦笑在空气中却经久不散
蝴蝶并非假象，但在
下一句中它必成假象
而且很不幸
在一瞬间我甚至看到了
蝴蝶的三面：它的疲倦，它的分裂和
它最终的不可信

一个以经世务实为耀的
国度又为何如此热衷于
谈论虚无的蝴蝶？
有一天我在高倍显微镜下看到
它的泪水
心头一阵紧缩
像烈日下神秘的沥青在流动
那些血的镀锌管里
亿万只风格各异的

红灯笼在流动
如此精微之物难道搞不清我们
生而为人的泪水究竟源于何处？

它依然穿梭于梦的门轴
去完成一些
我们无法预知的事情
对此二者：臆想的蝴蝶与我们
可触可摸的蝴蝶
之间的微妙缝隙
我们依旧阐释不能，描绘
也不能——
我也依然认为文学应脱胎换骨于
这样的两难之境
为此我们向庄子举杯
也向纳博科夫举杯——他或许是
既钻研了人类不幸又身临了
蝴蝶深渊的唯一一位
甚至，为了抚平我们
他在蝴蝶灰烬中创造了永恒的洛丽塔


## 在白鹭中

死神怎样恫吓一个
活着的人呢——
让他以一株山茱萸睡去却以
一棵山毛榉醒来？
太强的形式感困扰着我
连一只苍蝇的结构都那么

美妙复杂

连薄薄蛋壳中都埋伏着

一个黄色的宇宙和一个

白色的宇宙

我们该怎么办？

诗歌无计可施

诗人令人沮丧

我们连一句梦中流水的

哗哗声都不能描绘

也从未抵达雾中长堤的若隐

若现

这一宿的冷汗又白费了

我从一公斤醒来时

只剩下茫然的二两

这些毫发无损在河边晨跑的人

你们昨夜梦见了什么

这一大群毫无重量浮在半空但

转瞬消失的

白鹭，你们带走了什么


## 面壁行

假如早春的饥饿是

万木复萌之前

最后一次破壁

我们缓缓踏入茅山的

面壁之行又将

填充些什么？

盘山公路若有若无

我听见饥饿正

散入三月的山林漫游

短尾雀东一声西一声叫着

像在晨雾中

丢失了自身

我听见半圆的露珠

饿着

土拨鼠饿着，老斑鸠饿着

栎树和乌桕并排饿着

寺院饿着

风饿着

干旱妨碍着野杜鹃体内

那一碰就疼的

红晕的形成

野杜鹃饿着

发动机饿着

鱼贯而入的进香者饿着

那么

一座山呢


一座山的饥饿正来自老蕉未展

青虫尚幼

而殉道者的遗骨

缺席于

某些特定的时辰

一车人忍受于语言的

饥饿中——

听见雾中的咳嗽

墙另一侧的我们将

凿光透壁而来

与这一侧的我们合二为一
此时甚好，此地甚好
初阳斜入
欲望的水银柱勃然上升
饥饿略小于我们的胃而
数倍于
我们的眼睛


## 无花无果的坟茔

半山间一大片坟茔
覆盖的草木全被
铲除
袒露出坚硬的褐土
料想春光葳蕤之时
此处仍将
无花无果

对老父亲而言，死亡在
我们这一侧
他的几件旧衣在老家柜子里
仍苦苦支撑着人形
一些瞬间
它仍是温热的

对另一世界的花果
我们只有不倦的
猜测——
有多少来自绝境的问候

需要铭记?
在随手抓起的每一粒土中，老父亲
应答着我
像此刻在灶上把米饭正烧得焦黑的
半聋的老母亲
那样
应答着我


## 茅山之巅

是否该为那些
深埋的
而哭泣
我知道所有亡灵都
足以胀破地面

又该如何学习虬枝的
烂漫笔法
虽然确知在它的
盛开与枯凋中
久居着均等的神性
但我们终因选择徒耗一生

是的
这一座山跳起来
压住我们
这喧嚣而至的绛紫、粉红、深褐
这磅礴的汁液
永固的山体和

令人发疯的线条——
十诗人的闯入能否
以他们各自的
困境
重构起另一座茅山？

在另一些时刻。
无须祛除指缝的坚冰
而腕底的
春风自会解缆
十双手，足以彻头彻尾地
掏空它？
在我们远遁之后
在遗忘殆尽之时
这不再是一个悬念：另一座山
将悄然来到案头
供我们一饮而尽

# 大 解

**风来了**

空气在山后堆积了多年。
当它们翻过山脊，顺着斜坡俯冲而下，
袭击了一个孤立的人。

我有六十年的经验。
旷野的风，不是要吹死你，
而是带走你的时间。

我屈服了。
我知道这来自远方的力量，
一部分进入了天空，一部分，
横扫大地，还将被收回。

风来以前，有多少人，
已经疏散并穿过了人间。

远处的山脊，像世界的分界线。
风来了。这不是一般的风。
它们袭击了一个孤立的人，并在暗中
移动群山。

## 白 旗

一个废弃的塑料袋，挂在树枝上，
像一面白旗，无论怎么飘，都不掉。
看来失败者是固执的。我也是。

风从远方来，并不愿意
吹拂这些破东西。
黑夜也是。黑夜只是埋没。
只是看不见了，并非真的消失。


## 城中车站

早晨，城中车站的广告橱窗前，
两个老人对着屏幕在整理白发。
是老太太为老头在梳理。
是风，反复吹着等车的人们。

无定向的风，
吹过黑发，吹白发。
而长发飘飘的少女身旁，
是小女神。

阳光在风的上面飘浮，久久不肯落下来。
汽车也迟了。等车的人们在等待。
在整理头发。在风中。
风是晨风，没有那么多讲究，

吹啊吹，好像人们根本不存在。


## 大风经过城市夜空

大风经过城市夜空，先不落地，
横扫一气后停在空中，然后垂直压下来，
落在楼顶。
夜里说梦话的老人，会告诉你
星星的位置，但却隐瞒风的行踪。

我关上窗子，但风还是进来了，
它找到一本书，翻了翻，不是。
再翻，还不是。

风从书房进入客厅，从窗缝溜走了。
风又回到了夜空。

风一定是带走了什么。
后半夜，我走到户外，
在星星交叉的光线里，寻找足迹，
却意外地听到了空气的回声。


## 微 风

女儿两岁时，经常手拉手，
在我们中间打滴溜。

一个在左边，一个在右边，

两只胳膊拽着她，这简单的，
临时搭起的秋千，
给女儿带来了快乐。

那时微风，
吹到我们脸上，
我们就停下来，
享受一会儿。

后来时间，
接连不断地到来，
缓慢而持久，
改变了我们的一生。


## 旷　野

大风刮到一半，
突然停住了，解散了。
空气静止，悬浮在半空。

光也凝固了。
天空背面的人，停止走动。

整个旷野，
只有一片树林。
整片树林光裸着，
只有一棵树上，
残留着，
一片树叶。

这片树叶，
已经死了，
依然紧抓树枝，
不肯松手。

风不是因为它而停下。
风，遇到了死神。


## 两个人

两个人在路边站了很久，
既不交谈，也不走开，就那么站着
汽车一辆一辆过去，他们俩，
好像被固定住。

山谷沿着东西方向延伸，
村庄躲在树林的后面，似乎有意，
远离这两个人。

风把他们吹歪了。歪就歪。
在乡村，弯曲和歪斜都不能，
改变人们的决心。

我不想再看下去，太久了，
没有意思了。

## 长恨歌

沉默的群山在北方聚首。我迟到了。
时间通过我而拐弯，引开了散去的人群。
我请过假，但没有获得批准，还是来了，
迟到了。可是，
凉风为何如此急迫，不原谅我奔波的一生？


## 河边记事

### 1

小河水浅，慢慢流。
来自往年的风，由于散漫而变成了空气。
已是下午，时间在水面反光，有减弱的迹象，
天上飘浮的云丝，也将散尽。
天空就要干净了。不该出现的一群鸟，
凌空而过，转瞬消失在倾斜的光线里。

### 2

一群鸭子在浅水里游弋。
远处有冒烟的人家，
看不见狗，但是传出了叫声。
或许还有鸡，在树荫下散步。
鸡若学会游泳会下出鸭蛋。狗就不必了。
在下午，世界已经完成了分类。
草是草，水是水，而石头

安静如初，懒惰地躺在河床里。

## 3

傍晚的太阳会变大，
而一个老人会缩小，甚至弯曲。
他出现在河边，身影越拉越长，
无意中从体内，
分泌出一个虚幻的巨人。
年少时他曾在河边奔跑，
倘若他一直往回跑，将回到女娲身边，
变成一块泥巴。
我的天啊，不敢想了，
我是不是遇到了人类的祖宗？

## 4

大地再倾斜几度，人类就会下滑，
像河水流向低处。
河流的法则是：一直往前，
到了大海也不回头。
我就佩服这样的事物。
我也佩服那些死在往年的人，又回来，
换个身体继续生活。
他们已经找到通往来世的密径。
不能再说了，一旦他们扛着撬棍走来，
把大地翘起一个边角，我就站不住了，
我会倾斜，像河水流啊流，直到最后，
还在流。

## 5

天空里有一个太阳，
倘若再出现九个，也不是没有可能。

现在已是傍晚，那个走在河边的老人，
布袋里究竟藏着什么，谁也说不清。
他出现的时候，有人在西天纵火，
更多的人假装走路，实际是在逃避，
不愿承认大神在远方拉下了白昼的帷幕。
会不会有无数个太阳缩小成星星同时出现？
我经历过那样的时光。
我活过。我也老了。
我的体内，住着一个传世的灵魂。

6

不能过多猜测，也没有必要
对一个老人疑心。跟在他身后的狗，
是来找鸭子，而那些躲避鸭子的鱼群，
正在河里寻找它们的妈妈。
傍晚了，光是珍贵的，
老人的布袋里，装的可能是火种。
也可能是空气。
赶上歉收年景，空气也能充饥，
老人不会轻易放弃一场大风。

7

傍晚了，大河流入围家版图，
小河守在乡村。
在大人物眼里，那些瞧不起的
微不足道的小溪流，也有美丽的风景。
炊烟，鸭子，狗，老人，布袋，
鱼群，波浪，卵石，草叶，清风……
夕阳就不用说了，那可是个好东西，
它不能死，它必须回来，
它回来的时候，我们称之为黎明。

# 朵 渔

## 这世界正如他想象

风来了，树林一片紧张
雨来了，鸟群一阵慌乱
他掀开厚重的窗帘
向外查看天气
哦，这世界正如他想象——

他反身将吹乱的书页合上
仿佛生者将死者轻轻扶起
此刻，他想说出，却觉得
唯有沉默才能说得更多
此刻他开始哭，声音很低
仿佛整个世界都能听到……

## 悲苦与无告

我赶去精神病院看望她时
严冬刚刚过去，巴旦木
开在一片积雪的林地里
她躺在病床上，一言不发
仿佛精神已滑落至肉体的边缘
直到我要离开，才发出一声长啸
啸声激越刺耳，病友们侧耳倾听

我的小姑姑，眼里常含半融的冰
生活像一个罐子，已被悲哀注满
仿佛稍微一晃荡，就会流溢出来
一旦被损毁的生活变得无望
就不能用温柔的东西去触碰
也无法在她的悲苦里加点糖
只有哭出声来，短暂的泪水
才能将悲苦的生活冲淡——
有人曾看到她在村庙前伏身痛哭
那是她跟各路神仙做完告解之后


## 悬 崖

她以她勇敢的死，赠送给我们一座生的悬崖
到目前为止，我们对悬崖仍是一无所知
每一个跳下去的人，不见得比我们更不幸
或更幸运，至今还没有一个自悬崖而返的人
她和我们的不同之处仅仅在于，她跳下去了
而我们没有——我们在崖上激辩着她的死
是不是值得，或有没有意义
这既不能为悬崖增添什么，也不会减少什么
在生者面前，一座死的悬崖扑面而来
那是生的缺席，一个空白


## 唯有旷野是我的归宿

连日来，我已失重，写虚无缥缈的诗
做人间最烦琐的事，全无道理

当一只麻雀站在黎明的窗台上为我鸣唱
我知道，是该做出些决定了——
在这崭新的世界上，唯愿我的心灵
依然是旧的，在这光鲜的城市里
请保留我乡村般的褴褛——
在这昂贵的土地上，我宁愿没有
立锥之地，然后只身走进旷野里


## 坟 族

车窗外，孤坟一闪
我看到，她站在坟前哭泣
面对一堆黄土和荒草
犹如面对一只蝉蜕的惶恐
如果他还在里面
也已是面目全非
他还记得她吗？
唉，这阴阳两隔的爱
我们都会来到这里
不是吗？若干年后
我们都会在这里相聚
你相信吗
大地沉默而大度
迎接又一个亲密的家族


## 松 动

我至今犹记，你少女时代，羞涩

迷惘中带有几分坏孩子的脾气
多年不见，你已从当年的波澜中平复
谈起各自的生活，该怎么来形容？
总的来说，令人心碎，并且荒诞
厨房如大海，枕畔的鼾声渐如沉船
熟悉如老家具，如一只宠物狗的呼吸
你也曾为生活准备了一些破绽，以便
让自由透口气，但一切都已来不及
旧日子虽已松动，如摇摇欲坠的廊柱
似乎稍一用力，一切都会坍塌下来
——但世界从不缺少错失与错爱
生活偶有温情，也只是假装的高潮
给对方带来安慰。人本身即是荒诞
带着他全部的盲目，带着他罪人的
属性，试图去为自身赢得一个未来


## 雨 意

初夏的细雨下了一天，空气
湿漉漉的，雨中独居时，总觉得
有另一个人在身边，随我
一同听雨，呼吸，眺望
雨中旷野
当我醒来，雨意变浓
如同你的手在我的记忆里变凉

而那时的你，该是无邪的吧
当我看到你将一只脚
跷起在栏杆上

随斜风细雨来回踢荡着
一开一合的裙裾像蝴蝶的
两扇翅膀
记忆如鳞片在雨中跳闪


## 叫

雨落在阳光房的玻璃顶上
像一种轻柔而悲悯的呼吸
你躺在微凉的大床上，想象这
新一天的开端，没什么要紧的事做
没有要见的人和要说的话
世界仿佛只存在于滴答的雨声中
除此之外，没有别的声音，仿佛根本
就没有人存在——你使一个房间变空
使自己变得不存在，而此时，你试着
轻轻叫了自己一声……


## 风暴前

植物放弃了生长，星星拉近了彼此的距离
灯光在夜里偶一闪亮，昆虫们屏住了呼吸
——一场风暴就要来临，但在这之前
将是长时间的静寂。

这是需要现身的时刻，也是墙头草表明立场的时刻
坏消息已数次发生，期待中的风暴却迟迟未到
置身于风暴前的山河，面对满大街的耻辱和荣耀

你要做出决定——你选哪一个？

选择荣耀的人留在了街头，选择耻辱的回到家里
当我们终于懂得耻辱时，我们才触摸到人的形象
当荣耀留在街头时，荣耀不是增多了，而是
减少了——所有的荣耀终归于那一个。


## 确　证

一个人离去，我们向他的遗体
三鞠躬，再鞠躬，他于是变作
一个恶作剧，像投向我们的纸飞机
斜斜飞过屋顶上空的一缕白烟
大地上的一座坟茔——留下空
那种空，就像候鸟的巢
我们知道他来过，在过
那么，他到底去了哪里？
他的名字被渐渐遗忘，踪迹
被取消——虽然死者深爱我们
但我们并不真的希望再见到他
大家谈论着他的死
谈论着他刚买到的新房
那本来是为未来准备的
现在，不需要了
生者多么奢侈，死者多么安宁
人啊，确乎是一种存在
在大地上，在星空下
却又无法自我确证
无法洗清自身的罪

但愿我们的灵魂飞升
但愿星空能够接纳
这些卑贱的客人……


## 奇　迹

这么多年过去了，当左手牵起右手时
我们还是会常常想起最初相识、相恋时的
情景，如果没能进入同一所学校，没有
某一件小事发生，没有某一个人出现
又或者没有在那个四月的黄昏
出去喝一杯，而那个黄昏的天气恰又是
那么温煦，也许就不会有接下来的二十年
想想，真是个奇迹，一次次偶然
造就了一种必然性。一边感叹着
忽又想起，如果在某次争吵之后就分开
如果没有那些眼泪和原宥，又会是怎样的
现实和未来？爱是一种时断时续的音乐
持续响在两个偶然的点之间，但这样就很好
这样就很好，还有很多年，未知的很多年


## 杀　伤

对我童年的心灵杀伤力最大的
是父亲自命运中发出的叹息
在我看来，那是人间最无助的声音
但是没办法，父亲要养活我们
他养了鸡，养了羊，还耕种着土地

但依然不够填饱那几张肚皮
为了买肥料，他必须卖掉粮食
如果没有粮食，我们会挨饿
但如果没肥料，就没有足够的粮
为了买布匹，必须卖掉那几只羊
如果没有羊，我们就没肉吃
但如果没有布，我们就会赤身露体
他就这样拆东墙补西墙
在疲于奔命中唉声叹气


## 不 死

如果爱是一种狂热的拥有，那么，放弃爱；
如果恨是一种黑暗的反刍，那么，放弃恨；
如果活只是在与时光搏斗，那么，放弃活；
如果死只是对活的一种否定，那么，不死。

# 高鹏程

## 龙羊峡远眺黄河

多少有些踉跄。
在龙羊峡，黄河遭遇到了生平第一次拦截。
像一个十八岁出门远行的人，第一次栽跟头。
远远望去，向下，是高峡
向上，是平湖。巨大的落差里
有着更多的无所适从。
最终，在无可奈何中恢复了平静。
在龙羊峡远眺黄河，现在
是一个中年男人看见了自己的上游。
貌似凝固的水面以下，同样暗藏着
更多的潜流。
这些年，他已习惯随波逐流
这些年，他的河道被一再拦截，变得波澜不惊。
这些年，他的身体不断向下
但却一直试图抬高内心的水位
期待完成一次
彻底的决堤。

## 西 岭

它曾在一首古诗里浮现。一个萧瑟
枯瘦的诗人形象。西窗下

胸口的积雪，锁着类似亡国的隐痛。
但眼前的西岭，并非古诗里的那座。
一道高耸的峰峦，隔开了相邻两个县域的界限
山下的沟壑，一道深不可测的湖泊
是阻隔，也是当年连接对岸的唯一通道。
所谓界限大抵如此
替我们厘清，也带来更加模糊的身份。
据说天气晴好，站在它的峰顶，能够看见九重山峦
但九重之外呢？
依旧有我们无法穷尽的边缘。有阻隔
和模糊的边界。
我去过数千里外的另一座西岭
但却无法跨过眼前的这一道
而一只蝴蝶，轻易就越过了它。
时间已近深冬，无法得知它从哪里飞出。
有时候，阻隔我们的，不是万水千山
不是一道又一道的西岭
构成界限和阻隔的，有时只是蒙在西窗上的一张薄纸
有时，是我们内心
蝴蝶翅膀上的一道折痕。


## 西坞·客运码头

对它的描述来自码头边一位老人混乱的记忆。
烽火。战乱。动荡的间隙里驶出一支
欸乃的橹声。然后是逐渐增多的客轮、人流。

"一日之内可达宁波
去一趟就像是过年。分汊的河道

等同于人生的某一截长度。"

"沿途的倒影里,有乌桕、新禾、茅屋、塔、伽蓝
晒着的衣裳以及和尚、蓑笠、天、云、竹……"及至
我们赶到,一行散乱的诗句
已消弭于晃动的波光。

一座古镇,连同它连接的生活都已驶入另一条河道
码头不远处,闸门紧闭,不再有潮水反流。
有关回忆里
那些咸涩的细节一去不返。

现在,它是一段静止的时光。一个老人回忆中
堵塞的地方。一截长廊。一座桥。
它半月形的桥洞和水下的倒影,恰好合成了一只
波光粼粼的句号。


## 当我们谈起灯塔我们在谈论什么

当我们说到灯塔我们在谈论什么?当我们
说起弗吉尼亚·伍尔芙,说起显克维支
当我们在纸上赞美灯塔而真正的灯塔却在遥远的
大海上孤独地闪着光

当我们谈到海上的灯塔我们在谈论什么?
当渔民遭遇风暴,依靠灯塔的指引平安返回港口而灯塔
依旧孤独地在海面上闪着光

是的,我们说起的灯塔其实不是灯塔我们谈论的灯塔其实只是

它发出的光芒
而真正的灯塔，依旧孤单地矗立在海岛的岬角上
那里，年迈的守塔人在打着瞌睡
天快亮了，它的燃料即将耗尽。让我们

好好看看它吧，看看它与礁石连为一体的基座
它白色的塔身和巨大的顶灯
让我们走进它，去触摸它黝黑的胃壁
去触摸那些爱和寂寞熬炼的灰烬
那里
因为吞吃了太多的黑暗而结满了葡萄一样的锈迹


## 我喜欢

我喜欢乌云遮盖下露出小半个脸庞的月亮
我喜欢一支即将燃尽的香火
它们为别人的愿望而坚持

我喜欢被火车反复碾轧的枕木
悬浮在海上的桥
我喜欢这隐忍的爱，这从悲伤中涌出的欢乐

我喜欢一列被生活抛出轨道又挣扎着把自己
搬上正轨的火车
我喜欢即将抛锚、搁浅的船，倒出体内的水锈
把一生的风浪还给了大海

我喜欢一粒孤星和一盏渔火的对视
喜欢它们中间那些虚无的波浪

我喜欢即将熄灭的灯塔，天亮时，它说
现在，我要为自己再亮一小会儿

我喜欢羽翼丰满的鸟飞走后剩下的空荡荡的鸟巢
它的肋骨里灌满了风声，它在风雪中
走向了另一棵树

我喜欢那个对面向我走来的人，
她忧戚的面容里带着含泪的微笑：现在
我们都完整地属于自己，让我们再用彼此的身体彼此抱着
暖一会儿
然后，相伴着消隐于微茫的星群


## 泗洲头蟹钳港重游

正午的蜃气笼罩着港面。海水暗黄，唯有
远处入海口闪烁着一块诱人的湛蓝
初来乍到的外乡少年，解开了放鸭人的竹筏
随着潮水，向那一湾湛蓝驶去……
什么叫随波逐流？多年以后
一个中年男子反复咂摸这句话
他记得，竹筏后来越漂越快，失去了控制
……救命……危急之际，养鸭人赶到
用一根竹篙制止了少年的慌乱漂流
惊魂未定的时间，一晃，来到了中年
如今，一个混迹于当地土著的中年男子，早已
谙熟了潮水的秉性，懂得
另一种意义上的随波逐流

他依旧迷恋于远方
那一抹诱人的湛蓝，但已经习惯隔岸观水
不再轻易解开竹筏上的缆绳


## 覆盖在屋顶的渔网

它曾经在波峰浪谷间穿行。为鱼群和汉字
布下罗网。

那些沉船、暗礁、挣脱的鱼，锋利的珊瑚
记得彼此的伤害。

……终于，一段漏洞百出的生活
结束了。包括那些从网眼中走失的事物
已经成为回忆的一部分

现在，它搭在了海草房的
屋顶上，与那些曾经在深海里
缠斗了半生的水草，达成了最后的和谐

这是寻常的风景
从山谷后吹来的风，已经洗去了它身上的鱼腥味
大海已经渐行渐远

日渐松弛的纤维里，漏掉的是风。是雨。
是记忆中的惊涛和骇浪

现在
它在空中张网。捕获那些

被光线滤过的东西：
星辰、梦呓，和最后一段波澜不惊的日子。


## 途 经

年幼时我曾坐在故乡最高的山岗上眺望
我想看清楚远方有些什么，那些远处的人们是否有着
和我们不一样的生活
我曾长久地凝视那些沉默着连绵不绝的丘峦
终于我看见了隐伏在其中的
躁动的马匹
然后我骑上了其中的一匹打马离乡
这些年我途径过众多的地方，我途经过无数异乡的
风尘、曙光的明媚和暮色的辛凉
途经无数人们的奔波、辛劳、悲喜
途经过高山、丘陵、草场、平原
我跟随一条河流的命运，途经它的跌宕、转折、呜咽，一路
来到东海岸边，然后我停下来，在伸向
海面的岬角上继续眺望
我看见了竖在空中的渔网，鼓荡着欲望的疲惫的风帆
时而褐黄时而暗蓝的海水以及远处它微微隆起的
鲸鱼脊背一样的海岸线
像一道斜坡滑下了一个水手的疲惫和一个渔嫂
空荡荡的眼神
这些年我途经了滩涂上一艘船的搁浅、腐烂，码头边
一根碗口粗的铁链子被一粒盐慢慢锈蚀
途经了一朵浪花从深海来到海岸边
艰难的跋涉，它越过礁石
和沙滩时并没有停下来

而是沿着一条

渔火和星辰之间的轨迹继续它的起伏

在凝视它们之间那些虚无的波浪时我忽然明白这个世界上

没有可以停止的旅程

我们都在不停地跋涉，都在匆匆途经别人

和自己的生活

途经别人的明媚、黯淡

途经亲人的散失

途经心爱着的人的绽放、盛开和凋零

途经自己的房子、灯火、喜悦、悲伤、困厄

途经一条道路的延伸、一条船的颠簸一条河流的跌宕

一朵浪花和一道流星之间

虚无的波浪

可是，微薄的不知归处的

命运，在最后的时刻，请允许我这样祈求

请允许我沿着那条把我带往异乡的河流逆流而上再一次

途经我的故乡，请允许我把那一匹带我离开的马匹还给

静默的山峦

把一生的辛凉还给薄暮下的清水河，然后

变成它河床下的一粒沉沙，让永逝的流水途经我川流不息
  的梦境

# 郭金牛

## 在外省干活

在外省干活，得把乡音改成
湖北普通话。
多数时，别人说，我沉默，只需使出吃奶的力气

4月7日，我手拎一瓶白酒
模仿失恋的小李探花，
在罗湖区打喷嚏、咳嗽、发烧。
飞沫传染了表哥。他舍不得花钱打针、吃药
学李白，举头，望一望明月。

低头，想起汪家坳。

这是我们的江湖，一间工棚，犹似瘦西篱住着七个省。
七八种方言：石头，剪刀，布。
七八瓶白酒：38°，43°，54°。
七八斤乡愁：东倒西歪。每张脸，养育蚊子
七八只。

岁末，大寒。表哥
淋着广东省的雨
将伤风扩大到深南东路、解放路与宝安南路。
地王大厦码到了69层
383米高。

## 在家具厂走神

在家具厂
木头露出骨头新鲜的部分。这是手中的刀具
造成的。
我缠着薄情的绷带，与此相应

母亲，乳名迎灯
她因为生我
生路，布满红色的经典。
午。大血。

年轻的少妇，往炉灶里添加晚霞
脸上忽明忽暗。她不断地布置
秋天的朱红
而父亲，从1949年开始
脸上呈现革命的光彩

疏林中
三五只麻雀起落，只有它们，疏远人民公社
每年
按照节气
在春天里谈恋爱，生子，觅食虫类和谷粒
它不知道我是一个有故乡的人

它不知道
父亲在病中，又将旧木器重新漆了一遍
这孤单的黑色，伸手不见五指

是岁月的另一部分吗
它有什么值得
父亲付出神秘而深情的眼神？
啊，秋天的旧木器，另一头，已经骨质松散
它有甜蜜的子宫。和一支家眷


## 花苞开得很慢

花苞，开得很慢。
慢，太慢了，小小的女儿，上到小学三年级，需要九年的
流水陪着我，不舍昼夜


在异乡，发生的这一切，都是值得的。


雁过也。
我师从候鸟，练习搬迁，在出租屋内乘船
在床上流浪。
江湖一词，我一试深浅
有两处存在危险。


贫穷
与
疾病。


唉，世事无常。


## 玉兰路

玉兰路，没有长出一棵野草，我

担心，它的干净。
白虎
有秘密之美


有饱满而多汁样子。东路和西路，全长 16.5 公里
都是我干的
玉兰。有人说这是一株植物
有人说这是一个姑娘的名字


钢筋穿过她的身体
水泥穿过她的身体
五金、电子、塑胶穿过她的身体
汗水、泪水、血液穿过她的身体
瞧，众多的畜生。


玉兰路
海浪张开了蔚蓝色的阴唇。白云
在玻璃上擦来擦去。


## 夜雨各有各的下法和忧愁


小河甩开绿袖，摸出水仙
细石立命，游鱼安身
罗圈腿
量了深浅。是时，浸水丘
过了。


流水向南边赶路
日头去西边睡眠。汪家坳。草木停止了生长

是夜
露浓。我的心跳，比平时快一些。

喝过一支蛇胆川贝液。
一滴雨水，挤进了脖子，是什么凉了一下？
我从袖口取出
秋风。


## 铁　丝

从内部取出电，这睡着的老虎，它下山速度
是迅雷
是闪电

半夜起来咳嗽的人，摸黑走在沟底的人
炉子上，汤药溢出瓦罐，转而使用小火的人。
身体里的棉花、力气
逃走了一半的人

良人害病。快来看呀
小河扶着两岸，木板抬走干柴、乌云
从袖口中取出雨水，夜雨各有各的下法和忧愁。
仿佛故去的人，都来看我，有迷人的响动。
小麦提前半年开花，灌浆
可能等不到谁来收割。

## 重金属

### 1

我。抽出一把刀，砍断河水
她，不说痛
她，没落下伤疤
以至于我产生了恨意

家乡的
河水实在太柔软了，以至于每碰到一粒沙子
便绕道走开
河水实在是太干净了
镜子养育的鱼虾，十八年还是那么瘦小

而。叛徒已经长大

### 2

祖父埋在南坡
父亲埋在南坡
年轻的叛徒，一抬腿，就把南坡推到千里之外。

草木，枯荣。母亲走得很快
我跑得太慢，追至南坡，不见她的人影。

埋伏在心脏中的特务，白天消失，晚上出现
这个叛徒，割断脐带，头也不回
这个叛徒，布满枪伤，竟然没有走漏一丝风声。

3

叛徒，大约逃到了南方，村里有人谈论
生死

他，身患多种隐疾，据我所知
他，两次骨折，三更埋锅，五更谋反
他，偶尔，血，不在血管里奔跑
他，1998 年 4 月 7 日，生病，发烧。梦呓中

有个姓张的女孩
用一辆自行车驮着，沿东环二路，冲至横沥医院

多年后，叛徒孤身夜行，潜往他市，至马尾街 102 号
张，带着她的女儿
小小的告密者呀

叛徒的声名，和偷看你的事，不和谁分享

# 还叫悟空

## 央金去见顿珠次仁

央金牵着一只羊，翻过一座雪山，来到一个小镇上
她要把羊卖了，买新衣服
她要穿上新衣服，去见顿珠次仁
可是一个上午
她都没把羊卖掉
她的羊太瘦了，她的羊太丑了
太阳西斜的时候
央金牵着羊，往回赶
那只羊太不听话
总是跟不上央金的脚步
有一阵儿
它还扯着绳子，不肯走了
央金生气了
她掏出小刀子，杀死了它
她吃了一块羊肝
她把羊皮披在身上
她想好了，她就披着这块羊皮，去见她的顿珠次仁

## 阿秋喇嘛

早晨，一只麻雀落下来，唧唧地叫个不停
阿秋喇嘛挣扎着站起来

把一小块糌粑放在窗台上

它围着它跳了几圈

才开始啄食

一边啄食，一边瞅阿秋喇嘛两眼

他一直盘腿坐着

眼皮不抬一下

整整一个白天

那只麻雀就在窗台上呆着

或走，或跳，或食

间或也抖一下翅膀

天擦黑时才"扑棱棱"飞走

那时阿秋喇嘛早就走了

一周之后

他的身子不断萎缩，萎缩，直至麻雀大小


## 仁青卓玛的红拖鞋

你走后，我就把你穿过的

那双红拖鞋

整齐地码放在床下

这是我这辈子给女人

买的唯一一双拖鞋

每天晚上回来

我都会看它们两眼

有时，还会把脱下的

鞋子跟它们摆在一起

每天早上起来

也会看它们两眼

这几天它们有些散乱

那是因为晚上回来
我都会用脚碰一碰它们
它们毫无反应
一副逆来顺受的样子
不像你，我一碰
就会用小拳头使劲擂我


## 掉腚而去的白马

我把头像，换成了一匹白马
这匹马
是我几年前
在青海拍的
当时
我们停下车
撒出去好多花生
那么多马
都跑过来吃
唯有它
背对我们
在草丛中
甩着尾巴
我以为它胆小
没想到
当它一声嘶鸣
其他的马
都掉转身子，追随它跑开了

## 在沟后水库

沟后水库延伸到什乃亥草原
就是浅浅的水滩了
不时有牛羊过来饮水
顺便把影子留下
它们在草原上吃草时
也能把影子留下
对于水里的影子
它们有时会瞪着眼看一会
对于草原上的
它们往往连看也不看
更大的影子
是天上的白云留下的
它们罩在其中，一样浑然不觉

## 蜷螂草原

雨后第四天晚上，众多蜷螂忽然从地底下拱出来
月亮追光灯一样
照着它们在草丛里跑
帐子里也净是这玩意儿
这儿冒出来一个
那儿冒出来一个
央金拉姆拿条衬裤
左右挥舞
驱赶它们

一个小时过去了
又一个小时过去了
蜣螂还是
泡泡一样冒出来
央金拉姆又气又绝望
一屁股歪倒在地上
蜣螂越聚越多，居然合力把央金拉姆滚出了帐子

## 奶奶的麦地

坟头已经平了，只有一块青色的石碑标志着她埋的地儿
麦子抽穗了
石碑也不容易看见
摆好供品
叔叔领着我们跪下的时候
几只白色的菜蛾
飘飘悠悠
飞了过来
儿子用手扑打
叔叔说，不要打，不要打，这是你老奶奶给咱们说话哩

## 好像他年纪越大，越是具备了火眼金睛

晚饭时起风了，风越刮越大，刮得窗户咯吱咯吱地响
父亲放下碗筷，不无忧心地说
妖风，妖风——

## 一个胖子在饮酒

一圈啤酒沫趴在杯沿上，像抵在一起说话的小小人头
他站着向对面的某个人敬酒
下巴微微仰着
背微微驼着
但那人并没出现在照片中
事后有女人评论说
你在独自饮酒
他解释了几句
很快就接受了这一说法，虽然他知道，这并不是事实


## 李建国的精神生活

有一天晚上，睡觉前他忘了关窗子
醒来后发现
已经被牵牛花藤蔓
缠住了
他挣扎
它们缠得更紧
他喊叫
却喊不出声音
而且嗓子一动
就有一朵牵牛花
啪的一声炸开
他被困在床上
每天又渴又饿

风吹来时
牵牛花才喂给他
花粉
露水
直到那年秋天
藤蔓干枯了
他才解脱
走在街上
常有人在背后指指点点，瞧！斑马


## 胡里娅·古其特

她把脚从凉鞋里抽出来，搁在桌沿上
桌子尽头
是漫长的山坡
山坡尽头
是博斯普鲁斯海峡
她叉开脚趾
透过每一个缝隙
也能看见
闪闪的波光
海峡对面
还是她的国家
高低错落的房子
断断
续续的街道
越来越低的云朵，越来越亮的月牙儿

## 钟表匠胡安

胡安想回头看看，但脖子不听使唤
他给耳朵上满弦
这下好了
360 度没有什么能瞒住他
胡安想出去走走
但腿脚不听使唤
他给膝盖上满弦
这下好了
他走着走着就跑起来了
跑着跑着就飞起来了
直至冲出大气层
碰到了一个打瞌睡的外星人
胡安推了推他
他眼皮也没抬
胡安拧紧他的胳膊，也上了个满弦

# 胡 弦

## 裂 纹

它细长，并在继续加长……
——深入我们的完整。

一开始它就反对触摸，后来
又反对手指。
——就像所有悲剧都不需要理论，
凡是疼痛开始的地方，
颤栗一定先于语言：是一声
低低的抽泣，
在认领我们身世的源头。

在它的反对中，有咬紧的牙关、
呻吟、难以捉摸的沉默。
当它假装要停下时，
我们重新寻找过生活的方向。
它不回头，但给了我们
穿越往昔和碎片的路径，
或带我们提前进入到未来，捕捉预感，
并就其深刻性做出判断。

现在，它停在我们体内，无痛感，
无愧疚，像一个
陷入思考的安静器官，捍卫着

看似乌有的内容。因此，
在我们熟知的仇恨和罪愆中，
它最接近无辜。


## 乌 鸦

拢紧身体。
一个铸铁的小棺材。

它裂开：两只翅膀
伸了出来。
——当它飞，
死者驾驭自己的灵魂。

它鸣叫时，
另一个藏得更深的死者，
想要从深处挣脱出来。

——冷静，客观，
收藏我们认为死亡后
不复存在之物。

依靠其中的秘密，
创造出结局之外的黑暗，
并维持其恒定。

## 树

一棵树如果看见了什么，
它的身体也不会有任何变化。
它总是站在事件之外。

一棵树对任何事物
都不感到奇怪。
当它意识到要成为见证，
就长出了新的枝杈。

一棵树你已经看见它，
但未必真的看见了它。
它不陪我们生，
也不陪我们死；
在它的内心，
一直有另外的事物在飞奔。

## 拟羌人歌

晨光有轻盈的小腰肢。
是我为你穿上鞋，放你到尘世间走路。

春过千山，乱了的树影不管它。
我爱你就像石头下山，不回头，不择路径。
林中，惊飞的鸟儿无人识。

## 尼洋河·之一

米拉山口，经幡如繁花。
山下，泥浪如沸。

古堡不解世情，
猛虎面具像移动的废墟。
缘峡谷行，峭壁上的树斜着身子，
朝山顶逃去。

至工布江达，水清如碧。
水中一块巨石，
据说是菩萨讲经时所坐。
半坡上，风马如激流，
谷底堆满没有棱角的石子。

近林芝，时有小雨，
万山接受的是彩虹的教育。


## 八廓街玛吉阿米小店

靠在爱人肩头就会变成月亮。
走过茫茫雪域的人
在一架窄小的楼梯上迟疑。

有人在寺庙里点灯，
有人像暗影从拉萨城穿过。

如果有来世，我也愿转山，转水，
磕等身长头，
在小街的尽头与你相遇。

如果变轻的躯体一遍遍
被人间借用，我也愿化作这
啤酒的泡沫，或者
把心跳遗忘给一首曲子。

——我也愿与这一切无关，
比如现在，怀抱群星，无声无息，
坐在幽暗尘世深处。


## 尼洋河·之二

白云各有所爱：爱青山，爱苍穹，
有的，不高不低飘着，
爱着我们不知道的东西。

流水只有一条：出错木梁拉，过万重山，
曾如小溪，曾混浊暴走，
流经我们面前时，已放慢脚步，
开阔，清澈，如一块软玉。

在这天地间，有的事物镇定，有的事物着急。
而尼洋河爱的是什么？
它来自白云，将在林芝的则们
汇入雅鲁藏布江。
——我们已经知道它要去哪里，

我们仍不知道它要去哪里。


## 山中小寨

下午三点，白云轻，
小径的静止像是假的。

牛羊散落，柴垛整齐，
几个藏民经过垭口。
下午三点，阳光已找到要找的人，
涪水如小溪。

古木在深山里腐烂，断崖下
有乱石一堆。
所有灾难都过去了，下午三点，
风是一件礼物，
通灵的人戴着面具。

下午三点，经幡摇动，
杜鹃花开在人间低处，
积雪被遗忘于高高山顶。


## 玛 曲

吃草的羊很少抬头，
像回忆的人，要耐心地
把回忆里的东西
吃干净。

登高者，你很难知道他望见了什么。
他离去，丢下一片空旷在山顶。

我去过那山顶，在那里，
我看到草原和群峰朝天边退去。
——黄河从中流过，
而更远的水不可涉，
更高的山不可登。

更悠长的调子，牧人很少哼唱，
一唱，就有牦牛抬起头来，
—— 一张陌生的脸孔。


## 甘 南

在甘南的公路边，
时见磕等身长头的人。我据此知道，
雄伟庙宇和万水千山
都曾被卑微的尺度丈量。所以，
多风的草叶里阴影多，
低矮的花茎上有慈悲。
青山迤逦，披单紫红，走在
甘南广袤的草原上，我只能是过客。
有次，友人向我说到漫游，说到酥油花
怎样离开了寒冷的手指——
那是在拉卜楞寺的高墙外，我偶尔抬头，
见白云排列，天空又长出了新的鳞片。
——据说，巨兽们一直患着热病，

使古老大地，仍像一个陌生的居所。
无名的高处，万象摇晃，一直
都比想象的要深邃得多。


## 泳　者

漂浮在水上，
他同自己的影子分开。


——他划水，影子也在池底划水，
可看上去有点怪，有点挣扎……
他体会到与附着物剥离后的
轻松，甚至是
带着点儿虐待感的喜悦。


有时他不动，影子
也不动，像一片落叶，或者
一个扁平的死者。
他的身子慢慢


朝它沉过去……
——又猛地升起，透出
水面，
自顾呼吸氧气。


## 山　鬼

绿影连绵，朽木有奇香，

像在另外的星球上，
一座山熟悉又陌生。

据说，蝴蝶爱上蝴蝶，
要五分钟；棕榈爱上芭蕉，
要年月无数。
我爱上你，这是哪一个世纪？
阵雨刚过，椰子含水，天空
刚刚露出蓝色一角。

当我们相遇，我知道大海已来过了，
它爱过的页岩浪花一样打卷，
昏头昏脑的木瓜也结了婚。

如今，当我站在神话外眺望，
才知道自己是多么爱你。
天黑了，我知道那灯，知道
小兽怀孕，草籽跳跃。远远地，
我从心底里向你道一声晚安。


## 某园，闻古乐

山脊如虎背。
——你的心曾是一阵细雨。

开满牡丹的园子，
曾是祠堂、寺庙、文化场所……
我们听着舒缓的古乐。空气发甜，
木头有股克制的苦味。

——当演奏暂停，
有人谈起那些伟大的乐师：他们，
或死于口唇，或死于某个谦逊的低音……
——腐朽的木柱上，龙
正攀援而上，尾巴在人间，头
已不知去向。

"乐声，其实是种古老的生物。"
演奏重新开始了，
一通鼓响，如偈语在关门。

# 黄沙子

## 不可避免的生活

在汉河高中，我度过单纯的，也许是这辈子
最单纯的三年，我们中的一些北上的北上
南下的南下，最为亲近的几个，其间也小聚过几次，但更
　多的人
我没留下什么印象。偶尔听说某某发财了，某某已经死了
每当此刻我都会满怀愧疚，因为真的想不起来
一点也想不起来，谈话至此陷入沉默，仿佛他们的不幸是
　我造成的。

有时候我也会回到洪湖，在母亲墓边小坐
看放鸭人将鸭子吆来喝去。我知道最肥美的那些
最羸弱的那些，都将在秋天被宰杀
但来年春天，会有更多鸭子加入，这循环往复的过程
早已被我熟知，那群少年啊，也曾在辽阔的水田中嬉戏
也曾被驱赶着奋勇前行。

## 白　露

起床后的第一件事
是打开窗户看外面的草地
是否已结出白霜
多么宁静，总是可以睡到人事不省

总是可以对世界一无所知

像一个孩子还没有学会

为了饥饿以外的事情哭泣，更不用说

对着美好事物的悄然流逝而伤感

我似乎忘了在黑暗中

世间一切的降临

和消失一样无法避免

在花湖，唯一可以做的

是反复打扫房间，让家具

洁净到重新成为木头，让脚印

混合着尘土被一遍

又一遍地抹去，这正是我

喜爱花湖，花湖也喜爱我的地方

我们保持沉默

并以此作为存在过的证据


## 疼 爱

这些天，天黑得早，我和父亲站在果园

晚餐后我们长谈了一阵

一些以往认识的人，现在长眠于此

借着星光，父亲向我逐一指认，并让我答应

在他死后我也能像他一样，分得清哪一块土地下

埋着尸骨，哪一块藏着植物的块茎


曾经无比辽阔的天空，和此刻茂密的苹果树林

加深着我们对被废弃的家园的怀念

我从没有见过这么多的果实腐烂在枝头

却无人问津，仿佛冥冥之中

神灵在暗示，只要
云中还有雨水落下，地上还有青草长出
那些施与过的人，且把你们的疼爱与欢欣保留几分


## 论死亡

我对一生的总结比不上我的父亲
他向我转述过六十多年的渔耕生活

其间论及流水，他说流水
虽然决不可能快过行船
但乘船人永远是天堂的迟到者

论及青草，他说年轻时
他曾拥有最锋利的锄头
斩断过无数的草茎却无一是他认识的

由此他又论及土地，认为这是他所见过
最任性，但最善于自我恢复的事物
很多人在这里埋下亲人，又埋下自己

"月亮只会为地面上的人死去而缺
太阳却从来不因悲伤升起"

父亲挥动手臂，把目光所及之处
都划归他的领土，但最终
只圈住了脚下的一小块荒地

## 叫 魂

小孩子的魂魄是平原上最容易遗失的事物
在这片宽阔的土地，什么都是流动的
不知道有多少次，整个村子的人被发动起来
一起叫同一个名字，那巨大的喊声里
没有惊慌，没有恐惧，有的只是渴望
仿佛谁最先得到回应，谁就获知了神谕

蓬勃浓郁的蔷薇是平原上最容易见到的花
在一望无际的田野中，它们带来与稻花不同的香气
这是我体会过最像天国的情景，一种生物
有别于大多数生物，起伏的稻浪也无法
掩盖一丛红花的低语，我坐在门槛上
整整一天，我都没有起身，专注于大地不一样的灵魂
丝毫没有注意到整个村子的人，都在叫着我的名字


## 夜晚依然很冷

我记不清这是三月的
第几场雪，父亲说还会有更多的雪

那些雪花相互依偎着坠落
整整一个冬天它们都不曾言语

雪落完之后，天空显得更加宽广
但湖水变浅后淹死的人不会重新出现

## 先 知

我的堂伯珍汉六十岁以后
再也看不见任何东西
他拄着一根竹竿，时常发出惊人之语
比如，不是我眼睛瞎，是天一直黑
又比如，你们看见的都是我早就看过的
他断定到了这个年龄
所有人都会隐没在波浪下面不见踪影
早些年他也曾在大湖中打鱼
渔网撒得又大又圆，歌声嘹亮又多情
一个人需要多大的勇气
才可以放弃即将到手的胜利
在反复耕作的庄稼地里无所事事
他微笑着，用竹竿轻轻地敲打地面
说这里，就在这里，迟早我们都是它的人


## 红花继木

进入中年，开始变得容易忘事
刚栽下的树，浇了很多的水用来定根
长了多年的树，我也害怕它耐不得干旱
因而一并浇个透湿
栾树的细枝落满庭院
铺在地上像是拆散的鸟巢
可是鸟儿们去哪里了？电话一整天没响
老是担心信号中断，在这少有人来的

花马湖边只有远处的山
在水中留下倒影，多么宁静，我已经忘了
那些伴随着热血剧烈吹拂的风是怎样
将一个男孩变成父亲
在红花继木被剪断的枝叶上
一只蚂蚁正抱着另外一只蚂蚁
仿佛不这样就不足以抵挡
从高处降落地面时的震动


## 万籁俱寂

最明亮的不是星光而是
你躺下的地方的香火
此刻曾台村是寂静的
细雨将人事驱赶一空后又悄然离去
我独自漫步在看望你的路上
夜色中突然传来布谷鸟的叫声
——人世有多艰难
它的呼喊就有多孤单
我知道死去不过是一转眼的事情
活着却要经过一片又一片树林
我知道有人已先我而来
那先我而去的
分明是告别的红叶在落下树枝前
最后一次伸展腰肢
我也要向你做一次告别
在黑暗中接受光明的指引

## 下山的人忙着回去收集干草

下山的人走着走着就飞起来了
像是中年以后一切已被洞悉
我的黄雀儿啊并不在柞树林里繁殖
但迁徙途中也会短暂歇息
它们夜晚给沉睡的姑娘唱歌
白天在城市北面的草地上觅食
中年以后我总是被各种各样的歌声打动
大风吹得树叶沙沙作响也是其中一种
有时候我能看见牛群甩着尾巴
给越来越老的一生做上整齐的标记
下山的人忙着回去收集干草
有人说走到这里就行了
我的一生在一块大石边停下
我要的一切就在此地


## 平 衡

我们在天黑之前到达曾台，这是汉河镇最小的村
位于新燕河和舫口之间。也可以说是黄昏和
雨水之间吗？我们居住的地方
被湖泊围绕，属于洪湖湿地中比较小
相对干燥的部分。但也只是相对干燥罢了
一年中的大部分时间，雨水总是从上而下地降落
作为抵消，湖水自下而上，又将它们送回天空
——水太多了

因此天空和大地总像是在互换位置。湖面太宽阔了
以至于我总是疑惑一个人要怎样
才能在死与生之间保持中立
我见过那么多人从不哭泣


## 挖 藕

对于勤劳的人来说，秋天的滩涂是一块风水宝地
空气中弥漫着大水消退后的甜香
来不及撤退的乌鳢藏身淤泥
以往碧绿的荷叶变得老态龙钟
虽然茎梗依然修长，最轻柔的风都能使它们摆动

但我见不到任何一株荷叶迎风摇曳
也不曾听见铁锹折断的声音
挖藕的人，使劲地掏着他们脚下的黑土
在更为广阔的舞台上
谁能想到洪湖竟然像个静默的戏子
它在场面宏大的夏日之后终于卸去浓妆
并力争使结局更臻完美
每一个挖藕的人
都可以从中找到宝物


## 乔 迁

棺木打开以后，我看见骨头摆放得一丝不乱
想起我见过的一只小鸟，也是这样在风雨中瘦着身子
将羽毛和肌肉缩进骨头里

显然母亲也是这样做的，这么多年过去
她的亲人所剩无几，该哭的已经哭过
该打铁的坚持在打铁，但
也只打出了一柄小锤子——此刻我要用它
将棺木中的骨头轻轻敲碎
将离开河道的水流，重新归拢到
一只崭新的坛子里，我保证这以后
不再换地方了，这是我们最后一次的乔迁之喜

# 剑 男

## 山花烂漫的春天

在幕阜山
爱桃花的人不一定爱梨花
爱野百合的人不一定爱杜鹃
爱洋槐的人
也不一定爱紫桐、红櫢
只有蝴蝶和蜜蜂爱它们全部
只有养蜂人
如春天的独夫
靠在蜂箱旁掉下巴、合不拢嘴

## 半边猪

一个人在山路上用自行车驮着半边猪
一个人，一辆自行车，半边猪
他们像快乐的三兄弟，显示出欢乐的三位一体
终于快要结束一年的艰辛，看起来
只有猪的快乐是真实的，眯着眼，横着半边身子
不需要像人一样奔波，像自行车一样被蹬踏
但在这个新年即将来临的乡下
我相信一个被劈成两半的人的快乐
要超过猪的快乐，你看这个骑自行车的中年人
一半在新年前的集市，一半在山中的家乡

一半在妻儿的身边，一半在父母床前
一半在余岁，一半在新年
单薄的身子分割得不再有多余的东西
但他的口哨吹得多么欢快
像获得了神对他的额外奖赏


## 正月初七，立春日

想见的事物在天边，不想见的事物
在眼前，包括堵在途中的车，窝在胸中的火
一树晚开的腊梅，从天而降的寒气
以及怯立风中的牛犊，走在泥泞中的异乡人
是日正月初七，立春
我从湖南平江来到幕阜山东侧
一条山路紧紧抱住深山中的故乡
但见木已枯槁，草如败絮
天空下走动的尽是不合时宜的人、事、物


## 上元夜

放灯的少年在河边
河水在灯影中流动，人们
都把灯放往天上，只有他悄悄地
把灯放到河中，看着它顺着流水远去
那么多人仰望天空，只有他望着
水中的波光，轻轻哼着故乡的歌谣
掌打铁，掌打铁，姐姐留我歇，我不歇
遥远的家乡，远嫁江西的姐姐

只有他眼中噙满泪水，看见一座瓦屋
在大雨中倒塌，看见姐姐飞快地
跑过来将他从急流中带出
看见父母相互搀扶着被河水缓缓带走
看见两岸灯火如人间昏黄的月光
轻轻洒满一地，却照不出一座洪水中的村庄


## 空心树

一棵树外表粗壮，心却是空的
当你紧紧抱着它
你会觉得它不像一棵壮实的大树
能给你一种自内而外的力量
而是像抱着一个老人虚弱的身躯
一点点在怀中瘦小下去
我不知道一棵大树在什么时候
被什么掏空，但可以肯定
它有被掏之苦，也有被掏之痛
就像那年秋天的傍晚，我在老家
抱着父亲早年栽下的那棵枫杨树
看上去它在落日余晖中纹丝不动
但我能感到它空空的身躯在剧烈地颤抖


## 雨 中

一个穿蓑衣、戴斗笠的人
出现在雨中
像一个前朝的人，回忆中的人

一个穿蓑衣、戴斗笠的人
出现在雨中
要把时针往回拨
把简单的生活变成一种理想
一个穿蓑衣、戴斗笠的人
出现在雨中
意味着退出了人世的纷扰、争斗
但仍有人间的气息
早春的原野
雨帘斜织着灰霾
一个穿蓑衣、戴斗笠的人
出现在其中
炊烟放低身段
天空下要分别走动着
被流放的苏东坡和自我放逐的陶渊明


## 拔萝卜


菜地里的萝卜菜叶长得多么翠绿
好像它就是萝卜自己
从一棵萝卜菜我们就可知道
在乡下，无法自拔的东西不只有萝卜
姐姐说叶子茂盛，萝卜就小
我选了一棵拔起来，大把的叶子下
萝卜真的小得可怜，像一根肥壮点的桔梗
但我始终不明白，一棵萝卜菜的
根叶如何各安其位，那些缨子如何接受阳光
和雨水，又不拦截根部的养分
我和姐姐在菜地里拔萝卜

大的大，小的小，它们排列
在一起，胖瘦如夫妻，高矮如兄弟姐妹


## 半山寺遇故人

你年轻时候来过这里
从一阵清风
一段荒芜的路
半山寺的转角
转角处飘出的诵经声中
我曾看见过你
但我不知道
你什么时候
从自己的身体里拂袖而去


## 一九九三年过琼州海峡

作为一个生长在山村的人
在琼州海峡上
我第一次知道什么是浮生
第一次明白什么是无风三尺浪
第一次体验到真正的颠簸
不是坐着拖拉机
突突突地跑在乡间公路上
而是彻底把自己抛出去
看命运如何在上帝面前
没完没了地掷骰子

## 观

绝尘而去的人中我喜欢老子、弘一法师
因此我也喜欢河南的函谷关和杭州的定慧寺
有人喜欢函谷关的太初宫、藏经楼
碑林、蜡像馆以及博物馆
喜欢定慧寺的池水、莲花、古木
石板路以及里面的青灯香炉
但我喜欢的是函谷关后面那条荒凉的古道
和定慧寺那种虚无的寂静
我喜欢的是人去楼空
一座楼宇自己把自己诠释


## 路过水库边的酒厂

从春天的幕阜山下来往西,最醉人的地方
是酒厂,交织着泉水和阳光的甘冽
草疯狂生长,花也开得亢奋
像一个人换上春衫
与无法改变的命运推杯换盏
那从酒窖中一点点提上枝头的绿
勾兑着温水般的生活,让他相信
寂寞的身体也有着对春天的渴望


## 爱

一个哑巴爱人世爱得多么苦

他看见双目失明的女孩
出现在清晨的河边
远远地、羞怯地跟在女孩后面
像女孩一样
高一脚低一脚
那么多叽叽喳喳的鸟儿
却没有一只替他喊出心中的欢喜


## 牛筋草

在幕阜山一带，到处可见到牛筋草
跟很多言过其实的草不一样
这是名符其实的杂草
没有什么作用，但根扎得深，充满韧性
它一般生长在荒瘠的硬土上
长条叶、细茎，易弯难折
牛也不爱吃，常常被人用来逗蟋蟀
因为艰难地长在薄地
很少看见它们有嫩绿的模样
也很少见到它们茂盛地长在一起
我小时候随父亲开荒时除过这种草
荒地上每隔不远一蔸
彻底清除需要借助锄头
它们在地面的距离是由地下根须决定的
大的可铺展达一个平方
在那块开出的荒地上，父亲种上了油菜
开春后也有牛筋草长出来
细长、茂盛、碧绿，但轻轻一扯
就可以连根拔起，茎叶远不如从前坚韧

## 在亚贸广场前的天桥上

一个乞丐在天桥上向人们乞讨
身边的铁皮碗里
躺着几张皱巴巴的纸币
他只有半截身子，但不吆喝，也不伸手
偶尔有人往他碗里放零钞
更多的是带着不屑的神情绕过
作为一个和他一样
在这个城市讨生活的人
我蹲下来，掏出我的皮夹子
往他碗里放了一张十元的纸币
可能是看见我的皮夹子里
只有一些零散的钞票
只见他眼神微微动了一下
脸上露出和我一样的表情


## 仿幕阜山小调

我爱着的女子要住在南江河的对岸
她采茶、浣纱，在水中顾影自怜
我要做她邻村落难的书生
过潦倒的日子，写冷艳的诗词
春风不能驱散的寂寞，我要
让这首诗远远地跟在她明亮的忧伤后面

# 康 雪

## 土豆啊土豆

别人家的土豆才种下
我们家的土豆就开花了

白色的，
像一群二十几岁的星星。

等别人家的土豆也开花了
我们家的土豆已经爱过了。

地下星星挨着星星，最好的
黑夜，都没有被辜负。

## 苏 菲

这边有很多苹果树。
有一棵叫苏菲
它的花浅粉色，像刚被写好的
小故事。
它的叶子和别的
一样，每一片都信上帝。
但苏菲
仍是一棵奇怪的苹果树

没有恋爱过

也按时结满了果子。


## 清 明

至少有一次。是赶上四月

最好的天气

我们穿着单衣，走很远的路

路边有黄色的

紫色的野花。

至少有一次，手里的弯刀

靠近灌木时停下

它的枝条笔直，叶子上有只蚂蚁

或瓢虫。

至少有一次，插进坟头的

灌木枝倾斜，挂好的彩纸又被风

吹走

至少有一次。我们的亲人真的

拾走纸钱，并给予了什么。


## 致爱情

在大城市买不起房，租一个小地方

就好

买不起车，坐地铁和公交就好

如果还不快乐，回乡下就好

奶奶种了月季、芙蓉、山茶花还有

枇杷树、橙子树……我们回家时

几个橙子还挂在树上。霜打过的橙子
是很甜的

而人世很苦，有份普通的感情就很好。


## 致我天赐般的手

一个人怎么可以惧怕自己的手。
它甚至
拥有一条美人鱼的记忆。

但当你充满惊讶，想要探寻究竟
我慌乱不已。

一个女孩怎么可以有双
这样的手：
粗糙，坚硬，纹路模糊……它从不好看

但如此特别
心爱的人闭着眼都能认出。


## 雀斑记

我的脸颊右侧，有一排明显的
斑点。有一颗落在耳垂上
我的妈妈说

北斗七星！

不要因为爱美而伤害它。

但我长大，并不愿意接受
这种命运般的启示……满脸的雀斑

能像星星一样照亮我自己吗？我最多
只是个可爱的女孩子。


## 姐 姐

整夜都在做梦。梦见我的姐姐
站在屋顶仰着脸。她在看什么呢
如此着迷。我又在看什么呢

黑夜中，她比月亮
更像一个
来自远古时代的吻。我在等什么呢

她不会在我醒之前醒来
不会突然回过头，看见我满脸泪水
我在害怕什么呢

黑夜中，她像月亮一样……从未失去
我却发誓，一醒来就把她忘记


## 雨

有一个傍晚，我和你在屋檐下躲雨

雨下得很大，我特别高兴
我们很少说话，我努力
回避你的眼睛——每一次对视，都是闪电

可怕的闪电
它远在天边，但仍然击中了我！

我并不是一无所求。在后来漫长的
岁月中，我都渴望雨水再溅湿我们的鞋

同样的雨，溅湿了我们不同的鞋——
仿佛这就有了相同的命运。


## 宽恕书

一滴雨打个喷嚏就把自己弄得支离破碎了。
一只鸟飞起，不知道它已经
消失在一群鸟中。

像在梦中一样，
所有的事物并不具有真实意义。只有人类的
脆弱和无知，才具有永恒性。

等着天塌下来，自我怜悯像吃草莓一样可口。


## 植物人

她对外界失去了觉知

她的身体右侧，像一个真正
没有良心的人。
她的老母亲，每天给她按摩、擦洗
她无动于衷。

她的身体左侧，充满了大雪压断树枝的
声音——
不，根本没这么脆弱
大雪仍是对穷人的恩赐。
她的母亲，有时喃喃自语
但从不哭出声来。

一切都会好的
但一切都会消逝！包括母亲
包括被大雪藏匿的灵魂。只有她的身体
会永远躺在这儿
像一所前世的孤儿院。


## 乌托邦

有时真想死在那里，阳光灿烂草地辽阔。
有时只羡慕几个孩子，光着上身躺在石头上
有时也数数
一只，两只，三只……
有时也恍惚
天不是黑了，是被这些牛羊一点点吃掉了。

## 在小桥村

当我们坐下来，田埂上的芦苇
向里挪了挪位置
田间没有水，几只鸭子在里面走动
像草返青的声音。
我们长久地坐在那儿，没有说话
有时感觉鸭子消失了
我们只隔着，一只麻雀大小的寂静
有时又感觉天色暗了下来
我们越来越小，像两只蚂蚁掉在
同一个牛蹄窝里，不知所措。


## 梦 境

墙壁上，有一株茉莉开花了
很多朵。爸爸妈妈不在
但我知道
花是他们养的。门还是那个门
小木闩要先摇动几下
我走出屋子，知道这是一个不太冷的
早晨。走廊的柱子上
有一块小圆镜，小时候
我常对着它扎辫子。但现在
什么都看不清了
我一边哈气，一边用手擦啊
竟擦出厚厚的雪——我的爸爸妈妈

像两粒芝麻
安静地坐在那儿。


## 我又一次路过她的墓碑

我听到她的笑声。仿佛从未经历过
冬天与迷雾
此刻门窗很细，很薄
我是如此心动。这有别于清晨
缄默的嘴唇，覆盖着落叶或星空
她的过去，土地一无所知
除了寂静，没有什么
是不能承受的。我只坦诚这热烈的孤独
"黑夜中有一股雪味"
她的年轻，却明亮得很


## 满天星

你可知昨日星辰，都落在这里？
你可知，这洁白的悲伤

你赤脚走在前面。我手捧着野花
这短暂的爱情，朴素的爱情，被怜悯了吗

你可知这静默，这细碎？
你可知，这星辰仍是需要掩藏的泪水

# 雷平阳

## 惊 诧

写在纸上的字均在瑟瑟发抖
在这寒气砭骨的冬天。但我的悲伤
仍然针对纸张外面的人世：在那儿
我不能捕杀撕吃了马匹的老虎；画在墙上的火焰
已被人擦掉；一个人朝着四个方向远行
去不可知的地方，也被雪山和大海
拦了回来……
女士们，先生们，用不着惊诧，今后
我只能在文字里扮演妖怪
又把妖怪——缉拿归案

## 烈 火

蓝鲸占用了金鱼的水缸
大象开始争夺兔子的萝卜
"请你们记住了，领取圣餐的机会
已经错过，现在
连蚂蚁也要学习虎口夺食的技艺！"
说话的人名叫刘安道，他领着一堆
画着人脸的石头，和几棵
叶片上画着烈火的桤木
走累了，正坐在怒族人

新修教堂的圣像下面休息
他常常自认微小，而又总是觉得自己
面临巨大的压迫："去年冬天
我翻越高黎贡山，一场风暴从天而下
只是为了抢走我的道袍！"
他一边说，一边在台阶上，用脚掌
把几朵干枯的桃花搓成了粉末


## 绿骨头

每天割除青草的人
草汁染绿了他的骨头
但他一直穿着闪光的红衣服
白雾茫茫的时候
一个人开着割草机
在雾里苦练叫鸣
一会儿乌鸦，一会儿喜鹊
一会儿狗吠，一会儿狼嚎
一旦他以狐仙的口吻说话
他就会挥舞着自己的一根绿骨头
警告背叛了他的人
警告目中无人的梦想家
警告诗人或怪兽
有时白雾散开了，他还在演讲
话语都是陈词滥调
但那截他挥舞的绿骨头
被他一再砸到青草里
又一再地捡起。绿骨头，绿骨头
绿骨头的形象多么耀眼

又多么令人窒息


## 蚂 蚁

树叶上的一只蚂蚁
它看象群过山
看日落。它每天都看
身体里面，有象群和象冢
也有一轮太阳
隔着黑夜
没完没了地喷薄


## 兀鹫与游隼

山巅上的孤松，在倒立中生长？
兀鹫的认识有待确认。游隼善于曲线俯冲
以便看见自己的脸，每次看见的
却是那棵松树在摹仿自己飞翔
事物中鲜有统一的真相
无需争执。可以肯定的是，兀鹫与游隼
也是人类，它们停在山巅的时候
同样喜欢像人那样，剥开松球
在一个个夹层之间，拿出嫩香的松仁


## 人们为之胆寒

乌有乡的一匹疯马被猎杀

在高山顶上。人们围坐于疯马四周
展开辩论：杀死疯马的人
该不该赎罪？该不该以其戴罪之身
点燃天灯？给一个隐形人定罪
令其接受惩罚，从来都只会证明辩论乃是
一场游戏。问题的核心不在于此
据现场调查，疯马被杀之后
山顶上又来过了两批人
第一批人对着死去的疯马一阵乱枪
第二批人剁碎了马首，剥走了马心
将马的四蹄和骨头烧成了灰烬
高山顶上，剩下的只是一堆腐肉
人们为之胆寒的是：这两批人及最初的
猎杀者，他们就在我们中间
是的，他们与我们肩并肩坐在一块儿
你却没有发现谁的衣服上
沾着血丝，谁的眼睛里透着杀气


## 晚 祷

此刻，浮尘落入河流
不明飞行物在璀璨的星空
坦然地分发着闪光的秘密
无量山充斥着崩溃的危险，但万物纷纷
于肆虐的瘟疫中
找回了失散的身体，七棵古柏树
守护着我的一颗心灵
我已经面目一新，原谅了中途击破的暮鼓
放下手里的弓箭与药罐

对着
仍将倒向人世的悬崖，平静地告别：
"晚安，老虎，晚安，活佛！"


## 闪 电

闪电在群山里追击一匹马
马的速度更快，闪电击中了一堆草垛
又击中了墓碑
最后一击，击中的是寺庙前的古柏
马停止了奔跑，在放生池边饮水
抬起头来，终于看见主人的墓碑折断了
草垛和古柏在燃烧


## 月光与面粉

在月亮里开采白银
与在自己的骨头里支取面粉
性质是一样的
月亮隐身后，不会再有月光
在我的白发上冷冷地燃烧
黑夜将重返黑暗
唯一的好处：从今以后
我不用再往返于人世与月亮
也不用再把骨头提前磨成面粉

## 孔雀的怒翎

你听到过孔雀的叫声吗?
在寂凉之夜。你产生过收集
这种声音的念头吗?
在你同样无望的时候。也许你
听过那声音,从孔雀的肺腑里迸裂而出
它亦是一只发疯的黑孔雀
在夜空猛烈地拆卸自己,又把拆下来的
零件,组装成散射的声音怪物
它源于肉身,是声音的肉体,肃杀
决绝,有着将你压扁了、搓成细条
又令你开屏似的生出怒翎的魔力……
黑夜里高声大叫的禽兽比比皆是
唯其叫声可以处决一个人的灵魂
听见孔雀的叫声,我悟出了
一点:表象绚丽而内心破裂
有的生命始终垂死而又尖锐


## 猫

下雨时,有只猫来到了窗台上
我和它都盯着雨幕
雨脚密集,把我心头的这堆铁针
抛出去,也会被挡下来
落在猫的四周。它没有预感到
那些铁针的现实性,反而以避雨者的

镇静，隔着玻璃
为我送上雨水未能掠走的坦荡
街道上足以撑船了，竟然有几辆洒水车
缓缓开来，喷出的水雾仿佛人工
制造的尘土。而且也有躲闪不及的路人
带着两种不同的水，在雨伞下
在雨披中，用诅咒压住了忍耐
我把这场面看成有人补演的荒诞剧
这只猫，则像一个刚开始写作
就迷上了回忆录的作家
两种旁观者的态度，本来意味着
一个下雨天额外的谬论
但任何死死撑开的保护伞
从不允诺伞骨：折断，即圆满
当无趣的雨水尚未收住，一阵风
吹断了窗前的那棵银桦
我刚露出惊恐的表情，这只猫
纵身一跃，抱着一根树枝
与银桦树轰然倒向了地面
雨幕中至今没有传出它的惨叫


## 沉 默

险象环生的旅行一般都发生在
分水岭上，你精心布置过器物
却备感生疏的居所
"嗯，这儿住着的那个基诺族男人
他与天国中的铁匠女神有着六十年的婚姻
但每次见他，他都是一个人

手上拿着铁环，腰上别着匕首……"
在这段陈述里，作为别人的妻子
铁匠女神只存在于字面上
只有基诺族男人，他在我们中间
"你真的爱她？她给了你什么？"
俗世的提问直奔永恒，他屡次闪开
在爱的深渊，甚至可以说在生的牢狱里
可以依傍的只剩下了忍受与沉默
而且，这份虚构出来填空的爱
他将一生也不会放手


## 来 历

梦中有人用拳头击打隔墙
问我名头与来历。恼怒这人打扰了我的清梦
但还是披衣下了床榻，对着铜墙
轻声应答："一只白鹭。"
转身推开临湖的窗子，但见湖山之间
四望皎然，一条小舟泊在窗下
舟头的鱼笼里，赫然禁闭着一只白鹭

# 李 南

## 我还能活多久

我还能活多久?
我问树荫下熟稔流星赶月的盲师
问白云观精通八卦的道长
我打问一棵橡树的年龄
一只野鸭的去向。

我还能写多久?
像米沃什先生、辛波斯卡女士
像沃尔科特还是 R.S. 托马斯?
这些与词语作战的老家伙
思想里储满了金子。

我只是运走了古老时间中
沙沙作响的残渣。
啊,生命冒出的青烟——无形!
爱的立方根——无解!

## 读卡尔维诺《美国讲稿》有感

写诗的人走了
乘坐他锦绣织成的飞毯。
论诗的人也走了

收起他那驱赶闪电的鞭子。
那个时代，读诗的人也在凋零
走向时间的尽头。
只有这些闪闪发亮的文字
还在。在世代读者手上流传
在山冈上倾斜的细雨中。
在某个清晨青花瓷的光泽中。
在一声惊叹中
为我给出了一个路标，和一条歧途。


## 我这个蠢人

谁掌管着黑暗？
什么人拿铁锹挖掘着坟墓？
哪一片阳光能照到人心的幽暗？
什么时候生命能发光、变绿？
这些道理深奥又曲折
岂是我这个蠢人能弄明白。

我只是个蠢人啊！
不知道春天也有苦楚，流水也有眼泪
不知道时间有双长脚
我还来不及找出地图上的某个小城
眼睛就已经变花……
我这个蠢人啊
以前不认识绿松石，酢浆草
以前竟然不懂得落日之美。

## 香草和果园，不属于我

香草和果园，不属于我
船坞、码头和江南水乡不属于我。
自从我记事起
眼睛里只有蓝色天空
戈壁滩，红柳和风沙。
这是世界呈现给我的最初模样
已经焊接在我血液中
已经定影在我记忆里。
这些年，我丢失了很多——
钥匙，手机，黑发和故乡……
这些年，我也迷失了多少次
信仰，身体，诗歌中的沙粒和宝石。
可是自从我记事起
我就不敢辜负辽阔，那片草原
烙在我身上的印记
我就不敢卸下苍凉，在大地上漂泊。

## 最　后

最后，时间把我们的骨血碾磨
爱与黑暗水落石出
人类要为自己的愚蠢付出代价。
那一天，晨雾在山坡上消失
一道激光穿透大地
我们短暂的生命无法遇见。

回忆成了小小斑点
我们的神渐渐现身
蔚蓝的天空将吸走死亡。


## 疑 惑

没有走遍的地名太多
值得终生研读的书籍也太多
而时间总是太少
生命总是快如闪电。
我查看白头雁和瓢虫的幸福指数
终日沉溺于幻想。
有些事情穷其一生
并非能找到完美答案。
我时常感到疑惑——甘甜的蜜桃
为何都有颗苦涩的心儿?
这些年,她早已没有了爱情
为何却一年比一年美丽。


## 听《轮回》兼致杭盖乐队

你们拉的是什么琴?
兄弟——是马头琴。
你们喉咙里发出的是什么声音?
我的兄弟——是呼麦。
你们心中奔跑着一群野狼?
不,不——那是成吉思汗棕色的战马。

我听过格桑花的歌唱
你也见到过蒙古弯刀上掠过的寒光
但是安达
轮回啊轮回，我们的青春和故乡一去永不回！

我的异族兄弟
当我穿梭于城市窒息的高楼之间
你的歌声，总能让我想起斯巴达的荣誉
和永恒战胜时间的神话。


## 彩虹之夜

多少年后，我依然会记得这个夜晚
青海的岚凛冽
吹去了外省的尘埃和忧烦。
衣郎、永刚、草人儿和我
驱车行驶在互助街头。
车开得很慢
我们说笑，又轻又慢。
这是流星，那是海浪，这是彩虹……
我们辨认着满街彩灯
惊叹于人类将自然再度创造。
草人儿的红皮衣，永刚拿着相机
衣郎中间接了电话。
那时我们脸上都有光泽
只是少了我心仪的那人。
土族歌谣漫过扎隆寺
彩虹攀上了夜空。
那一夜我们谈论了些什么

恕我已经想不起来。


## 那天我去了汉河

那天我去了汉河
曾经荒凉的河岸充满了人烟。

我给它起名叫"塞纳河"
你管野树林叫"枫丹白露"。

我们多年轻啊,一脸傻笑
还不懂得生活和爱。

那是青春无敌的蓝皮书
现在已经破损残缺。

柳枝垂下头来回忆
三十年前,我们在这儿交换了诺言。


## 誓言如此简单

我听说过太多的誓言
在半岛咖啡馆,在洋气的悬铃木下。
青年男女的手握在一起
嘴唇乞求着誓言。
海枯。石烂。永世。千年。
可我看到更多的风流云散,劳燕分飞。

那一年在藏区
阳光洗净了草原
两个藏族男孩——扎西和多吉
在破旧的羊毛毡房里交换了配饰
他们击掌盟誓，誓言却如此简单：
"我愿意为你吃土！"


## 我以月亮上下弦计时

这封信写给一位骄傲的大师
加急快递，远渡重洋
我以月亮上下弦计时——
不算已逝的昨天和未到的明日。


## 改 变

光线改变，分开了白昼与黑夜
沙石改变，建筑成高楼
数码改变了生活
金钱改变了多少爱情的初衷。

如今我也改变了许多——
不再贪恋肉体的欢愉
也不再艳羡名车豪宅
我迷上了前朝、中草药、秦砖汉瓦
穿透冰层的光束
家庭聚会中那支闪烁的蓝烛
以及大街小巷那些

蒙上灰尘的泡桐和常青藤。


## 南方女友

又见面了，我的南方女友！
不要细数白发和皱纹
干了这杯酒——为那钢笔写信的年代
为我们也曾发辫乌黑，青春四射。


## 从诗中回到德令哈

枸杞树发红了
戈壁滩上的蕨麻结果了
雷雯、惠英、廖正芸
你们去了哪里？
小铁铲、红皮筋和露天电影
帮帮我——拾掇起这记忆碎片
童年在我身后越走越远
直到变成一个黑点
巴音河水日夜流淌
没有谁在乎一粒沙的过去。
可要从诗中回到德令哈
这是一条多么艰辛、迢遥的路！

# 李轻松

## 抽离感

东方之美，美在内在的曲折幽深，
美在人生哲学！从入世到出世，
都是严肃的人生道理，现实的柴米油盐，
需要被艺术虚无。一种凌空的舞蹈
仿佛那巨大的喧嚣置于空荡荡的舞台上
唱得越是繁华，内心就越是空旷
那极尽夸张的脸谱、那大开大合的唱腔
那十八般武艺，都是对现实世界的一种抵抗。
是的，真正的艺术不是顺从而是无限的抵抗！

一句唱词便把底处的凄凉唱尽，
一掀门帘便是两种身世，两个世界，
一挥马鞭便过了万水千山，
一桌二椅，演尽了三生三世十里春风
还有那袖里乾坤与指间锦绣
这是何等的高级！先生——
也许我不必太追究你的身世
只是春天过去了一半，你还没有还家
人生也已过半，本来就是假戏真做
或真戏假做。本来就是不该有隔阂
不必太逼真，只要意会便好……

而我固执地把你当成月，

把月当成你。不在意阴影里的虚与实
只在意你哲学的意味与宇宙的广度
先生，我还能再现你的东方之月吗？
用抽离出的现实，描绘你的膝下草木，头顶清风


## 人生这场旅行

当然，仅仅有一场爱情是不够的。
你的这一场时空之旅，就是一场大写意
一次空灵的调剂。这一张一弛
构成了飞马闪电，桃花春色
而光华是短暂的，黑暗是永恒的，
你宽袍、广袖，立于归宿的中心
与万物一体？还是与自我一体

先生，人生就是要设置无数的障碍，
有的有解有的无解，但文学的意义
便在这跨越与消解之间灿烂起来——
仿佛那锣鼓点之间，一腔的悲怆
纷纭与刺目。经纬里的桃红
自我中的无数个非我，都有了超拔之意……


## 不如归去

东风吹破了嗓音，也吹破了草尖上的露珠
你无视的部分，被占卜者占为己有
而你山中一夜，醉里桃花
星空入了怀，春水润了心

那一副临风的骨骼，被吹得茁壮
现实的挤压断了你的仕途，却是另一番恩情
夹缝中容不下你清越的行走。你的诗稿呢？
在一场灾难中化为灰烬，
还是被你亲手焚毁？或者就像我想象的那样，
为一段清泉之爱，你消失于天地之间，
你的诗便也融入宇宙万物之中了。

那一刻，你随船顺流而下，在那个春夜里，
你手里的诗稿像翩翩的蝴蝶，
纷纷投入春江之水。像起舞的亡灵，
与天地相融……没有悲哀、痛苦，只有欣慰与寂静
人间风月尚好，哪及你世外逍遥？


## 青枫浦

我不愿认它仅是一个地名，
更认它是我的桃花源——
只要我愿意，它就在我的所爱之地
在我的明月楼上，玉户帘中
谁最先见到江月，我就最先见过谁

……死有何惧？死是另一种生，
就像这万里婵娟，西落东升。
就像这潮起潮落，白云去矣！
生生不息，便是永恒——

先生，生同生死同死，
与生死同游的人，头顶不灭的明月

脚下长流的春水，都有了遗世的孤立！

鸟类都是盲的，越盲就越是自由的！
任凭什么方向。青枫浦上暗淡的波光
有了耀眼的心跳，壮美的白发
水面上云集了辽阔的丝绸，春风的马匹
你白衣飘飘，立于一叶小舟
渐渐消失于天地之间，青枫浦约等于虚无。


## 唱与和

让我们唱和吧，先生——
用你闲来的一杯酒
黄昏里捣破的歌声，空空的渔火

笑里朗月瞬息千万里
我却只为一瓢饮，一个君子
美人美酒，只有美名是寂寞的！

你有多少流水之痛，我就有多少痴癫之狂
你给了我春天不同的色彩，我拍遍栏杆
头上一片白雪，人生的无常，便也是了……

我，自我，我的影子，那主观的世界
因了俊逸的你，刚刚下过一场微观的雨
唐朝的天高，高过所有朝代的影子

多少告别，都在春寒之夜
那不可言说的火，烧红了嘴唇，心肝，繁星

多少诗行都在史册之外，尤其是你

谁最先触到了虚无，谁就最先触到了宇宙
我的那些逆流，在三月，都顺从了你的意志
该开花的结果，该发芽的生根

还有多少迷离之月，携带了你的微风
那未知之境，裹挟着我内心的戏剧
在你淡出的时刻，我悄然登场、应答……


## 月下吹笛

多么寂静啊！江水是开阔的，万物美如斯
先生，吹笛的人也吹动着内伤
在那流觞间，光阴被撕成了两面
一面流于世间之累，专注那不舍之水
一半困于半截朽木，一吹多年——

有些浮尘被什么拂去，江水屏息
那千古一轮，是从水面或唇上升起的吗？
那春天的气息在波纹之间——
瞬间把我照亮，嫩芽儿从手指里抽出

先生，我目不转睛地看着那个衣袂飘飞的你
那一副白面、一双纤指
江畔的那群白鹭、心上的那团烟树
都被你赋予了新意。只有桂花适于想象
适于芽尖儿上的月亮，任众鸟缠绕
那哀而不伤的流水与嘴唇

才配得上那清幽的笛孔，及最后一捧灰

箫声太过呜咽，琵琶太过激越
古筝太过凝重。只有长笛横在美人的嘴边
像一场单纯的约会，青春灵动，明月初升
我坚持吹笛，吹起那笛孔里的微风
时代的烟雨，自然而微凉的一幅江山


## 从此天涯一首诗

多年来，我写过那么多的诗，
但独独不敢给你写过一首。
我掌握了太多的词藻与修辞
却怕写喧哗了，也怕写轻浮了，
当然更怕写死寂了。

那离别的伤感，被笛声吹薄
阁楼上的姑娘眼有余光
即使是从此天涯，我也不会断肠。
被时光浸染过的心，成为自己的心经
每天念到三个时辰，那一己之惑
为久久不能挣脱的自我低而又低
哪一首超拔于天地的诗能吟诵给你呢？

先生，我也许越过了那些浮躁的年月，
免不了的流俗，化不开的阴郁
都因你而清新如画——
无比疏朗的眉目，有了灵动之气
一本秘籍被仙人翻阅

那纷纷的落英之手！你破译的宇宙苍茫
都有了纤毫毕现的波涛，和一清见底的澄澈。


## 恰好初读

初读你时，我还少年，扑面而来的江水
光阴与明月，是那么的浩荡无边！
只觉得春天是如此的喧嚣，年华是如此的奢侈，
我所能挥霍的时光，层层叠叠不可穷尽。
而今我已中年，正是微雨的午后
那辗转的人生，看遍的无常
在阑珊中隐退，在回首中默然
剩下的是无边的宁静与一脸的惭愧。
当然，还有隐约的白鹤，翩然落地
仿佛我来到了江边，等待一个人，
没有巨大的欢喜，但也没有刻骨的哀伤，
只是在月亮初升的时候，我口吟清风
不多不少的喜悦与不增不减的爱情，
慢慢地，让香草与脸庞都湿漉漉的……


## 有月亮的水边

……多么好啊，你没有任何背景留在人间，
反而给了我一个无限想象的空间，
我任性地编织你，而每个人都能把你想象一遍，
那便是千万个不同的你了——
这样，一个人的深夜里，
我的夜色被那一江的春水滋润得如此丰饶，

我似乎感受到你的呼吸了，隔着千年，
我和月亮坐在水边，与你换了韵
成为透明的两只酒杯或葡萄
洗尽了六朝的脂粉，慢慢地步入你的芳甸
不再惧怕一下子被留在旷野之上
也不再惧怕那片刻的灿烂突然笑意如灰，
时光短暂到手不能书写……


## 春天的戏剧

是的，写春天的戏剧，我不想在春天里写，
我想在寒冬里写。这样，我抬高了枝条与御柳
却压低了蝶翅。一个人的春之薄暮……
在霏霏的阴雨中，枝头上奋力挤出的一点春意
又被寒流笼罩。我只关心你为何绽放，
却不关心你如何绽放。此刻西风自凉
想象那一树一树的桃花与新绿——
被风吹起的样子，少有的凋零之意
江水一样的蔓延。而我擅用肢体表达……

在此之前，读《诗经》的感觉最好——
那未经雕琢的璞玉，那蚌里珍珠
那流淌的自然之书！率真与质朴之人，是可爱的。
后来那堆砌的江山、那奢靡的红粉，
纵使百般推敲也是有痕迹的。
直到读到你的诗，我口齿清新、满目梨花
仿佛在月夜里推开窗棂，一地的月光，那么白！

# 李元胜

## 独居者

什么地方，有人挥动斧头
在砍着什么
声音一直传到你居住的城市

公共场合，你竭力保持平静
说话表达吞吞吐吐
空中布满了，你的弯弯曲曲

你是自己的囚徒
你赖在里面，假装自己没有钥匙
假装门口站着狡猾的狱警

你的眼里确实有一些伤痕
这不是所有人的过错
你唯一不恨的人
在遥远的房间里，正挥动斧头

## 静 夜

有时，我和世界隔着一层玻璃
有时，又像被握在谁的手中
有时，在墙的某条裂缝里

还好，总之很安全

生活夹在笔记本里
封面悄悄合上
风已不能进来
羽毛样轻柔的声音
也不能进来

在一页与另一页之间
已有了很多山水

百年落叶，还在缓缓下落
百年之树，还支撑着一幅巨画
年复一年，时光只不过
模仿着一道陈旧的伤口


## 给

几十年里，你从一张纸上飘过
没有超过什么，也没被什么挽留
你停留在平凡的枝头上
不知道自己就是全部奇迹

在世界磨破的地方，看到本质
你听见钟声，在果实深处
你从木头中取出火

唇上，有爱情压过的痕迹
人间令人疼爱的琐碎

这样的气候里，窗内外
你钟爱的一切正在死去
有没有可能留住它们
就像把园子里的那根上扬的枝条
使劲向下扳住


## 山 中

落到你的身上，脚步很轻
总怕惊起什么

住在蝴蝶的翅膀上，你那么安闲
溪水牵着远近的村落
在树叶上，你脉络分明

你那么安闲
两三只水鸟在池边洗脚

你那么亲切，和我来自同一个源头
又出现在每一块石头里

没有什么能打搅你的内心
晚上倚栏看鸟归来
无数只手伸进树林


## 倒提壶

在甘南，想找个虚无之所

放下行囊——我一直提着的
斑驳风景，半生平庸

山下，等我的朋友提着青稞酒
山上，一大片倒提壶
提着从春天开始收集的蓝色

隔着栅栏，逆光中劳作的妇女
没有任何想放下来的
她像一粒露水，用倒影
提着这个无所用心的世界


## 黄河边

一切就这样静静流过
云朵和村庄平躺在水面上

像一个渺小的时刻，我坐下
在无边无际的光阴里

悲伤涌上来，不由自主的
有什么经过我，流向了别处

每一个活着的都是漩涡，比如马先蒿
它们甚至带着旋转形成的尾巴

蝴蝶、云雀是多么灵巧的
我是多么笨拙的，漩涡

有一个世界在我的上面旋转，它必须经过我
才能到达想去的地方


## 嵩山之巅

滑过的雪，没有滑过的雪
被宠爱过的，被侮辱过的生命
都会回来，在某个阴雨的下午
在一片萧瑟的嵩山之巅

遍地春风的时候
我还独爱这群峰之上的萧瑟
沿着四周险峻的小路
逝去之物正在汇聚

唯有萧瑟之人，才能看到它们
他走着，步履迟滞
因为昔日的滑雪板擦着头顶飞过
某对恋人，再度漫步在他的山谷中
一个下午，无数日出日落交替

唯有萧瑟之人，收容了它们
今年、去年甚至更久远的雪花
雪花一样的事物
在阴雨中，一步一步
把它们仔细推敲、衡量

## 容器

只有从未离开故乡的人
才会真正失去它
十六岁时，我离开武胜
每次回来，都会震惊于
又一处景物的消失：
山冈、树林、溪流
这里应该有一座桥，下面是水库
这里应该是台阶，落满青冈叶
在陌生的街道，一步一停
我偏执地丈量着
那些已不存在的事物
仿佛自己是一张美丽的旧地图
仿佛只有在我这里
故乡才是完整的，它们不是消失
只是收纳到我的某个角落
而我，是故乡的最后一只容器


## 暴雨如注

那是个暴雨的下午
我伸手叫了辆人力三轮车
自行车改装的三轮
摇摇晃晃在泽国前行
骑车人拼命蹬着
和缓慢的车速比起来

他大幅度的动作简直像挣扎
前面水更深了
我一边掏钱，一边叫停
怕他的车陷在积水中
让我意外的事发生了——
他拒绝收我的钱
掩面疾驰而去：我们是同学……
我追着跑了几步
还是没能看清他
有好多年，我都像那辆挣扎的三轮车
深陷在那个下午
暴雨如注，皮鞋突然灌满冰冷的水


## 天色将晚

我有一个忘年交
很多年，在嘉陵江上修建大坝
很多年，建造悬崖上的公园
在公园最高的地方
他还有了带露台的住宅
那应该是看湖最好的地方吧
我经常设想：从露台上俯身向下
一生高低错落，尽收眼底
那该是何等气象万千的黄昏
终于，有机会去拜访
置身于想象了很久的露台
有点震惊：密布的灌木让它像一口井
天色将晚，他也体态臃肿
似乎无心回忆，也无心观天

看起来，一切都不适合俯身向下


## 川续断

如此沉重的头颅
如此纤弱的身体

清晨，还要挂满露水，再挂满蝴蝶
黄昏，还要加些盛年，再加些暮年

它微微摇晃了一下，又努力站稳
还能如何，谁不是站在时间的悬崖上

又一次，在如此渺小的容器里
宇宙放下自己的倒影

又一年，它们复杂而甜蜜的齿轮
在黑暗中运转，朝着不可预测的未来

世界或许正由此进化，永不停息

有时凭借它们的奇特思考，有时凭助
它们突然遭遇的阵阵晕眩

# 李昀璐

## 阿莫西林过敏症

一次一颗，每隔六到八小时吃一次
治疗牙疼带来的炎症
也带来红疹
让我以为是未擦干的血迹
或者是蛰伏在体内的春天
迫不及待要开花

反季节的痒和疼，我和睡眠无处藏身
只能看着月亮如同一颗药
被夜色吞下去

月光也不能太干净，否则尘世会过敏

## 滇池之夜

身体总要有一些地方，用来安放
星辰、月光，还有翅膀

翅膀已经睡着，在暮色四合的时候
时间是一条流淌在滇池里的河
像是血液，循环反复。每一次
都吞没一些话语，生出更多远方

宴席已散，回头是岸

我被塞得太满，只有眼睛是空的
大风贴着水面吹过来
一遍遍，一遍遍地
用力蹿到我的怀里
抱紧我
直到星星填满我的轮廓


## 缺 口

那些不属于我身体的东西
线，伤口，缝合的针脚，填充的骨粉
粗暴而彻底地，驱赶另外那些
属于我身体的东西
血，断齿，加大剂量的麻药
直到我也无法区分，话语
属不属于身体

每一个到来的人，都这样
凿开我，温柔而彻底
走的时候，谁都无法把我复原
不属于我的东西留不下
属于我的东西留不住
我不愿承认自己两手空空
你靠近看，我有无数宛如棺椁的
缺口

日落的时候没有疼痛，清醒的时候

就睡在缺口里


## 相见欢

把远山叠起来，放进茶壶里
放的时候要轻，别碰散了松枝里夹的云
茶壶要透明的，方便阳光进来

在清晨和中午之间放朵花
放我最喜欢的玫瑰
得是你去斗南花市看到的第一朵

然后我们啊，就坐在那里
一盏一盏地
把晴天倒出来


## 徒 劳

西山上落满了阳光
把树叶染黄了
或许，它们从未年轻过
从出生
就注定就要替光承受衰老
松枝嶙峋，骨瘦如柴
是遍布天空的血管
也遍历新老交替的时间
我们站在林间，光影一动
就是过去

我肤如白雪，千里难越
情深是一种徒劳的消耗
用温度把话语再温一遍
下一次说的时候还是崭新的


## 继 承

在一场旷日持久的号啕大哭之后
她换下自己，一层一层地脱掉
露锁骨的 V 领毛衣、A 字形小皮裙
及踝的猫跟小短靴
以及各式各样精致的真丝围巾
最后她尝试脱掉骨骼
取出胸腔中的愤懑、不甘与悔恨
让晚年怕冷的外婆住进去

与无边际的冬天孤军奋战
她穿上加厚的保暖内衣，穿一件羊绒衫
套一件针脚紧密的毛衣
又加一件羽绒马甲、一件羊绒大衣
再用巨大的围巾把自己裹起来
她套上手套，戴上帽子
来遮住岁月落下的洁白的雪
还有雪地靴，隔绝脚底的寒意
整个人密不透风，她一点点地把自己
加宽加厚，调整形状

我害怕，有一天我也要

继承这一切：风湿、寒症、腰疼
把自己打磨成一把分毫不差的钥匙
打开时光封锁的旧楼


## 立春记

梦见长清大雪，落满校园
此间的少年，随时要走
走之前，省掉余下四十季春秋
先白头


不知是哪一季，那就是春天
四季轮替，每一场都是械斗
风中长出粗粝的刀刃
在每个人身上刮出鳞片


我们相拥喊疼
每天睡前，检查门窗几遍
用力关紧，一夜又一夜
疯狂生长的春天


## 百戏局

从一开始，所有的
不告而别、不翼而飞或不胫而走
都由着你的笔墨
关联着黑的、白的、潦草的
清晰的主角

想换就换

我的章节荒原万里，天地悬镜
落日沉沙，新雪下面是纪念碑
东走西顾的，声嘶力竭的
喊你的，念你的
所有的我
你都避而不见

我的骨头缝会抖
在你唤我名字的时候


## 枯

进百脉泉公园的时候
筵席已散，一滴酒都不剩了
鸟比人孤，树比人枯

我来晚了太久
墨泉闭着眼睛，惜字如金
它的泪，只为李清照流过

暗战
我没有话说
话语被诅咒、争吵、解释耗尽了
一开口就只能说谎
想起我的时候
希望你也是个哑巴

## 记爱尼山白牡丹花

爱尼山上
开了花的牡丹只有一指高
没有开花的
比任何一株野草，更野

没有人在场的春天，天遥地远
开花、落叶，都有尊严
不会被惊扰

路经此地，无须费心分辨
牡丹和芍药开花的区别
牡丹性寒，清热，入药微苦
白色的花，比任何一场
雪，更孤单，更弱小

# 梁 平

## 再上庐山

牯岭街夜色凝重，
北往南来的聚集深不可测。
一千个达官贵人的闲话，
一千零一个闲云野鹤的佳句，
一万种走路的姿势，
隐约在石径与茶肆。

这是天上的街市。
庐山的雾、瀑布、松柏以及故事，
经历朝历代的清洗和筛选，
飞流三千尺以后，
依然壮怀激烈。

我选择三缄其口，
沉默是金。尤其在庐山，
沉默还是太平。
那幢石头砌成的遗址，
多少汉字，
把它变成了墓碑。

如果汉字失去重量，
不如像我，清冷地坐落一酒家，
温壶酒，烤几条深涧里的鱼，

然后在苍茫里，深呼吸
与山交换八两醉意。


## 南京，南京

南京，
从来帝王离我很远，那些陵，
那些死了依然威风的陵，
与我不配。

身世一抹云烟，
我是香君身后那条河里的鱼，
在水里看陈年的市井。
线装的书页散落在水面，
长衫湿了，与裙裾含混。
夫子正襟危坐，
看所有的鱼上岸，居然
没有一个落汤的样子。

秦淮河瘦了，
游走的幻象在民国以前，
清以前，明元宋唐以前，
喝足这一河的水。
胭脂已经褪色，琴棋书画，
香艳举止不凡。

不能不醉。
运河成酒，秦淮
成酒，长江

成酒。
忽然天旋地转，恍兮
惚兮，
不过就是一仰脖，
醉成男人，醉
成那条鱼。

长乐客栈床头的灯笼，
与我的一粒粒汉字通宵欢愉。
我为汉字而生，最后一粒，
遗留在凤凰台上，
一个人字，活生生的人，
没有脱离低级趣味，
喝酒、打牌、写诗，形而上下，
与酒说话与梦说话，
然后，把这些话装订成册。

在南京，烈性的酒，
把我打回原形，原是原来的原，
从哪里来回哪里去，
没有水的成都不养鱼，
就是一个，老东西。


## 上清寺

上清寺有没有寺，
找不到记载，
上了年纪的老人说没有。
没有寺的上清寺，

在这个城市很有香火，
围墙围了一些人，
墙里的人感冒，
墙外的人跟着打喷嚏。

我曾经在围墙里，
发霉。和我一起发霉的，
还有不得不穿戴楚楚的衣冠。
这里的天气无法预报，
白癜风可以传染，
每张脸都可能发生病变，
一夜之间，人模，
变成狗样。

我从围墙的缝隙里，
逃生出来。
遇见好多壁虎和蛇，
阴湿地带常见的那种，
那里的灌木丛，
使人想象不干净的女人。
我知道，有我一样感受的人，
不能像我一样抒情。

白癜风在围墙里出现，
让一些光鲜的脸，
格格不入。
好多人在自己的鼻梁上，
也迎合一抹白。
白癜风走了，
上清寺用了好多水冲洗，

那种恶心的味道。

上清寺恢复原来的平常，
外面进去的人，
和从里面出来的人，
没有什么两样。
说书老人还说围墙要拆，
说的和真的一样。
惊堂木落下，
听书的没有一个退场。


## 白马秘籍

白马没了踪影，
一只白色的公鸡，站在屋顶，
高过所有的山。尾羽飘落下来，
斜插在荷叶样的帽檐上，羽毛、羊绒
的轻，卸不下身份的重。
白马藏，与藏、羌把酒，
与任何一个"少数"和睦，
与汉手足，在远山远水的平武，
承袭上古氏的血脉，
称自己为贝。
世外的遥远在咫尺，
一个族群悄无声息地澎湃。
王朗山下的篝火、踢踏的曹盖，
在壁炉前巨大的铜壶里煮沸。
大脚裤旋风扫过荞麦地，
一个来回就有了章节。

黑色绑腿与飞禽走兽拜把子，
一坛咂酒撂倒了刀枪。
封存上千年的原始，
白马的姓氏，
已经不重要了。
白马寨，一面绷紧了的鼓，
白马人的声带，一根细长的弦，
鼓与弦的白马组合，
一嗓子喊过山，那是天籁。
流走的云，山脉交叉的经络，
都是自由出入的路。
吊脚楼、土墙板房里的鼾声，
有了天南地北的方言。
撩开雾帐，早起的白马姑娘，
一颦一笑，泼洒疑似混血的惊艳，
花瓣收敛，月光落荒而逃。


## 马背上的哈萨克少年

躺在草坡上，
把自己摆成一个大字，
大到看不见牛羊、飞鸟，
只有漫无边际的蓝，
与我匹配。
天上没有云，
干干净净的蓝，
我忘乎了所以。


几匹快马疾驰而来，

围着我撒欢。
草皮在吱吱地伴奏，
我闻到阳光烘烤的草的香，
酥软了每个骨节。
铁青色的马，
马上哈萨克少年，
铁青色的脸，
都出自于天空的蓝。


马背上的年龄，
是我幼年，在幼儿园大班。
剽悍、威武的坐骑，
比旋转的木马还驯服。
他们要带我去兜风，
风卷起衣衫，遮住了脸。
一束逆光打来，
我从马的胯下溜走，
没说声再见。


## 江布拉克的错觉

小麦，小麦，
波涛如此汹涌。
姑娘的镜头留下我背影，
在江布拉克。
我不是那个守望者，
这里没有田，
那望不到边的是海。
海结晶为馕，

行走千里戈壁的馕，
因为这海的浩瀚，
怀揣了天下。

我在天山北麓的奇台，
撞见了赫拉克利特。
古希腊老头倒一杯水，
从坡底流向顶端，
他说"向上的路和向下的路，
都是同一条路。"
我的车在这条路上空挡，
向上滑行、加速，
一朵云被我一把掳下，
在天堂与人间，
做我的压寨。

天山山脉横卧天边，
一条洁白的浴巾招摇，
我在山下走了三天三夜，
也没有披挂在身。
走不完的大漠，
恍惚还在原地。
刚出浴的她，似睡非睡，
依然媚态。

## 我的俄国名字叫阿列克谢

有七竿子打不着，
第八竿因为翻译讲究中文的相似，

我就叫阿列克谢了。
我不能识别它的相似之处，
不明白我为什么不可以斯基，
不可以瓦西里，
不可以夫。
唯一相似的是我们认同，
俄罗斯的烤肠好吃。
斯基还喜欢面包，
瓦西里还喜欢奶油，
夫还喜欢沙拉。
我在莫斯科的胃口，
仅限于对付，有肉就行，
也不去非分成都街头的香辣，
眼花缭乱的美味。
所以我很快融入了他们，
还叫我廖沙、阿廖沙，
那是我的小名。

# 刘 年

## 出云南记

不管云来云去，云少云多，云白云黑
天，始终平静

坐在风中，端详众生
梅里雪山一样
我拒绝融化，拒绝征服，拒绝开满山的花

等你想起来，我已掉头而去，金沙江一样
二十七座水电站都锁不住

## 想买一匹马

想买一匹马，有平整的雪原
有老路、空谷和古战场，在等待马蹄

想买一匹马
我的疲惫和重负，需要马鞍

想买一匹马
等红灯变绿，策马出城
他们像看神经病一样看我
我像马一样，看他们

想买一匹马，远放终南山下
马吃草的样子，像在亲吻大地
我给马梳鬃毛的样子
像在给你梳理长发

想买一匹马，沿玄奘的路
渡黄河，经河西走廊，穿黄沙茫茫的莫贺延碛
过星星峡，翻火焰山，越葱岭
世上已无经书
眼里尚有泪水
需到恒河，痛哭一场


## 北漂者


### 1

进屋，即进山
即自立为王
台灯，即皓月，翻书，即翻越千山
不管，不顾
东三环的车流，即怒江
回忆，即偷渡
写诗，即贩毒

### 2

出门，即出家
即避位为僧
办公室，即崇圣寺

不闻，不问
不欲，不求
对着电脑，即面壁
敲字，即敲木鱼

3

还乡，即还俗
做一个好丈夫、好儿子
好父亲、好亲戚、好朋友
好好打圈敬酒
好好拜年
不遗漏一个人
不遗漏一座坟
还乡，即还魂


## 凉山词

1

村东的山坡上，有一座学校
村西的山坡上，有一座破庙

如果学校找不到我，就在庙里
如果庙里也不在，那是因为你没看见

我坐在秸秆堆里

2

有必要赞颂一下对面的老柳

与滇杨并排的那棵
矮小，多瘤
不能做家具，也不能烧火

有一次，背柴的黄老师
滑下来，被它拦住了

直下二十丈，是龙洼河

3

锄地姿势，多少年不曾变过
邱小娥的母亲锄了半天，我看了半天
她走了，我也走了

路面铺满了杨树叶
秋天，就是沿这条路走出村子的
邱小娥的父亲，也是

4

山村并不宁静
松毛垛上的公鸡，中午还打鸣

木匠出身的黄老师
修着一张课桌

电锯的转动，还可以忍受
木头凄厉的叫喊，让我再次想起邱小娥的母亲

5

凉山，之所以这么凉

因为风太多，风太大，风太响

将镇上做泥水匠的父亲
刮下了脚手架

黄豆地，隆起了红土堆
邱小娥写作业的手，隆起了红红的冻疮

6

邱小娥，三个普通的字
按顺序放在一起，就有了魔力

叫一次，就有一张脸
向日葵一样，转过来

我叫了五次

7

都不说了，什么都不说了
黄老师看乌鸦，我看檐柱下的金盏菊

聊天中，突然的寂静
是死神在路过

花蛛将一根闪亮的丝
从黄老师的椅子，牵上了我的椅子

8

木门，咿咿呀呀
当地人说，睡在松木房子里

会像松树一样长寿

将木头上的疤，看成两个人
久久地看，他们会动
只是总也走不到一起，总也走不到地平线

9

山村的夜，果然很长
可惜忘了带口琴

披衣，下床，去叫黄老师
答应我的，是一只叫火苗的狗

铁链，让人不太放心

10

篮球砸向地面
一个变向，过掉自己的影子
又一个变向，过掉迎面扑来的风
后仰跳投，球空心入网

凉山的月亮，是一个250瓦的大灯
照得见水泥地上的裂缝


## 洞庭水

沿沅江逆流而上，溯酉水，过凤滩
经王村，转猛洞河，再转入北门溪，北行五六里
益家桥头，有我的家

母亲经常在桥下洗衣
她会主动找人说话，什么都说，连我给她多少钱也说
别人走了，她便和水说


## 晚　晴

瘸腿的拾荒者，取下草帽，露出狮鬃般的长发
农妇直起腰来，群山伏了下去

彩虹，是落日给人类的加冕
牛羊鲜艳，天地酡红

看到落日的，落日看到的，——被赠予了光辉


## 胭脂沟

开满虞美人的大兴安岭，同样开着野罂粟
埋黄金的地方，也适合埋白骨

野花可以插入发髻，也可以插入沙地
纸钱可以赎身，也可以赎罪

有过姐姐的男人，才会半夜到妓女坟前
有过美丽的姐姐的男人，才会在冷雨中长跪不起

## 与雷平阳饮酒后作

我本土匪，落草多年
被命运通缉，惶惶然，如丧家之犬
这位云南的土司，封我为骑士
并为我点了一支云烟

关于骑士，我认为是这样的
敬畏天地，给寡妇孤儿以帮助
防备女人，相信爱情
轻金钱、重荣誉、说真话
为自由而战。不背后拔剑

酒后。他回他的乌蒙山
我一个人来到他说的中世纪
这里十面埋伏，这里胜算渺茫
这里连风都不敢吹得很响

我需要一匹瘦马
一面皮盾，以及一支矛


## 羚羊走过的山冈

这里的农民都是花匠
种着大片大片的荞麦花、油菜花、洋芋花、蚕豆花
这里的寺庙，对着村庄

在这里，我空腹喝了两大杯青稞酒
倒在金黄的苏鲁梅朵中
上一次，离天这么近，还是在父亲的肩上

在这里，鹰，依然掌管着天空


## 进斧头山

带刀，防猎人；带雨衣，防雨，防潮，防寒
带诗集，防长夜；带佛经，防鬼

深山即寺庙，花草皆菩萨
懒洋洋的石头，是一群年纪很大的老和尚

愿作山丹丹，开落悬崖间，天地安与危，从此两不管


## 黄河谣

理解黄河的悲苦和扭曲，想陪她一起走
黄河，慢了下来

可以把冰冷的水，看成黄河的叙述
可以把深青的草原，看成我的沉默

黄河转过弯去，我也转过弯去，黄河不回头，我也不回头
你们可以把阿尼玛卿雪山，看成我微驼的背影

## 提灯者

一个是胆小多疑的穿山甲，一个是浑身敌意的刺猬
一个在桌上打圈敬酒，一个放下筷子，悄悄离去

一个跟同室的女人，大谈生命与艺术的关系
一个躲在卫生间里，与自己发生关系

一个在办公室里修行，一个在出租屋里服刑
一个每晚都提着灯来探监，一个每晚带着内疚为另
　　一个自己开门

# 芦苇岸

## 载物：那只飞蛾……

注意到那只飞蛾时，它已经倒下
灯光依旧，火焰是可爱的
这光明的陷阱，引爆了幸福魔咒
一道影子在晃，又一道在晃……
黑暗的灰烬没有注脚。飞越空茫
并非庞然大物的专利，就像野百合
也有自己的春天，风雨中
倒下的是躯体，站起来的是灵魂

## 载　言

出自父亲喉咙的嘶哑之言胜似诗
那些荒山梁，那些离奇事
甚至比一件小巧的睡衣还要贴身
儿时的记忆是可口的夜宵
苦难在梦乡中打着哈欠
我抹掉过多少泪水，黑暗中
像小兽一样微微发出鼾声的孩子
常常，我惊醒于梦呓，人到中年
一不小心就把自己弄得感伤
夜晚，因加载尘杂的人生而漫长无比

## 载浇灌的非分之想

陪孩子写作业，读"江山如此多娇"
我不自豪，更不自在
无一棵草木，没一寸土地
老家都已夷为平地，牛羊不见山坡
能拥有的唯有单调的肉身
我靠它养育灵魂，浇灌一些
非分之想，鼓励我热爱美酒与生活
异乡漂泊，我常常迷失方向
是的，只有肉体最实在，他还负责
在漆黑的夜晚为我输送梦想
在梦中，我的大喊声，比山歌动听
我梦见的山河，多么美


## 载浑浊的窦性心律

身外的风和流水，一刻不停
这日渐荒疏的漠漠旷野，在浑浊
全然不似曾经想象的本色

仰望的星空倒映城市的骨骸
俯瞰，脚趾生成大地深处的根须

血是热的，但经不起体检
窦性心律过缓，像听闻岁月的回声
不用怀疑耳疾，日子在崩塌

这个世界的良知，都龟缩在心室
假装立地成佛，龟孙子一样
至少我，习惯如此


## 载时光之欢愉与沉静

他在时光里的痛苦，欢愉，沉静……
像他手里的物件——
有的是在地摊儿上淘来的
有的为朋友相送
也有自己打制的，粗糙、油腻……
他爱之多年，不曾有过厌弃
它们没有固定的形状，幼年到成年
每一天都在变化之中
但是，他发现自己爱坐下来
在公交车站台
在高楼大厦前的台阶
在公园里的水泥墩子上
在蛛网密布的屋檐下
在一棵开始落叶的大树的根部
他的话越来越少，像他手里的物件
转动得越来越慢
他不知道转不动的那一天何时来临
他学起了针线活儿
想要缝住偶尔显露的莫名的恐惧

## 载天地苍茫，万事沧桑

心大，改造旧山河；心小，唱甜歌
不大不小，登高
——天地苍茫，万事沧桑
孩子们在草地上打滚，父母颜笑
此乃我看到的最有意味的人生坡度
今日不孤独，明日不孤单
爱春天的人，说要在我的光头上
放风。节日这么臃肿
多少期待艳遇的青春堵在公园门口
谈及子嗣，谁都哑默
年轻人习惯不抽烟不喝酒
就像我们习惯诗歌的只写不读
你若高攀，百事皆忧
只有在低处，甚至更低
才能获得更多的自由与快乐
从大腿开始掐算，到脚踝
一根筋的任务是抵达泥土
还有多少花开的盛事我们不能言说
好，歆享歌声的美差就交给耳朵
天色在暗下来，依然不想打道回府
寂寞的边界，看得见摸得着
春寒料峭，自然的神谕，你懂我懂


## 载繁霜鬓

我担心天心圆月已不认得我

她藕白的手直掏我的心窝
是不是我的鬓霜
让她不知所措
黑暗一旦穿上风衣，就会迷死人
李白有一件，王维有一件
他们的毛笔字，站在月色里
他们的诗，在经受月光的检阅
我呢，今夜为黑暗发愁
一件一件脱掉外套
多少年，多少事
将我摁在一把旧竹椅上
她的手摩挲我的脸，抖个不停


## 载想象之不朽

只有想象可以不朽
人生暮年，我终将能够成为富翁
想象，让万物脸颊绯红
那些深微的美
无法言说


我从枯枝下走过，身后乍现春光
斟满月色，和李白对酌
即便黑夜茫茫，我也不会烦忧
默数着指尖上的露珠
澄澈满怀
落花有意，流水多情


只有想象可以不朽

当我老了
我一定会把这个顿悟当作千古的
传世遗嘱


## 载 野

天色暗下来，时间看守着静默的河流
像一只刚生蛋的母鸡，有些错愕
原野上风卷残叶
我和家兄大立经受着寒澈的孤独
河水没有哗响，残叶的滚动
悄然无声，苍茫一望无际
巨大的寂静，让我们不知所措
我想说：我们不配这安宁，真的，不配
但看看他眼角的皱纹，我终于
没有开口。我们一起向远处看去——
一条河，一片麦田，一些枯枝顶着天


## 载 察

没事时，我就到菜场走走
我从野外带来的荒凉
和菜蔬们的琳琅气质格格不入
到处都在枯萎
唯有菜摊子守住了尘世的繁华
自然只剩一副骨架
我只剩一张脸面
在肉类区，手起刀落的人

每一下部很沉闷，很利索，很快意
思维被剥离寸筋软骨
原始的冲动使我想搭一架梯子
爬上棚顶。即使不飞
也要找一找飞翔的感觉
我皱着眉头，走出菜场
沿着河岸慢慢走
期待看到一棵未被修剪的树
看它凌乱的叶子，在风中翻飞
在我记忆的那个岸边自在地飞


## 载志：灵魂看护手

为了不让颈椎病复发，我必须抬头看天
我的习惯被记忆赶进一条没有尽头的路
我无法识别脚下的石头有没有锋利的牙齿
我把看护灵魂的任务交了出去
没有任何代价可以让不弯腰的人
开口说出一些关于欢乐关于痛苦的真相
我在夏天才想起春天的美好
开花的事情，我谋划了很久，像一场爱
裸睡于一场不朽的爱情。我爱着的稗草
在我行走的野外，很多宁静的词语在开花
在无数人经过它们的时候落泪
我把它们悄悄捡起来，安放到版画的天空
我的这一次低头，缓慢，仿佛千年

# 路 也

## 沿海岸行驶

铁轨在延伸，在继续
与海岸平行紧挨，这种相伴多么靠谱

挨着车窗，越过次生林望见海
海水绿得温存，它的宽松袍子那么合身

火车开上一座座铁桥
有相当一段路途，是行驶在大西洋上
天空把孤独投射在海面
火车从一头鲸旁一闪而过

山坡上，一幢白房子怀抱着花
俯身眺望大海
海鸥飞越车厢，鸣叫声里有对春天的庆祝

那些沙滩仰卧着，几乎还是空的
废船旁有一只去年的水罐
狗奔向大海，遛狗人用绳索牵引它对自由的向往

有的事物生来就要延伸，像铁轨和海岸线
还有我此刻的思想
它们将一齐抵达前方的海湾与河口
临时打一个名叫波士顿的结

## 殖民客栈

鲜花攻陷了有圆柱的门廊
我入住进一国的史书，是扉页和前言

感谢侍者除了预备房间
还安排了一场小雨
雨点落入黄昏，落在 1716 年陡峭的灰屋顶上
烟囱还是那么热爱天空

存放过武器的厅堂，如今是前台
柠檬冰水和苹果交换着免费的酸与甜
曾救治民兵的诊疗室
萨克斯正吹出自由，大约是龙虾和生蚝奏鸣曲
烤玉米面包散发出新英格兰的清香

我的房间在走廊迷宫的终端
壁炉内三百年前的木柴尚有余温
胡桃木家具上的纹饰是另一时代的缩略语
已经疲于漫长的存在
而 wifi，比高铁还快

传说中闹鬼的房间就在头顶
上百年前的幽灵偶尔也会在楼梯徘徊
遇见鬼魂的可能性
想必也被算进了房费，以信用卡支付

拉开窗帘，望见纪念碑，上面镌刻那一年

全地球都听得见的快乐的枪声


## 候 车

一站牌，一木质条椅，一窄形电子显示屏
一遮雨小亭，一免费报纸箱
一条延伸进地图的老铁轨
一个大太阳

在梭罗的家乡
这就是一个火车站了

现在车站只有我一个人，乘客兼员工
身体里有一个候车室和一个售票厅
有折叠的远方

双肩包被里面的一大盒巧克力麻痹着
调和着背负了上万里的悲伤
手工制作，本地产，故居旁的小店
他说：治疗爱的办法只能是更深的爱

那人写过这条叫菲茨堡的铁路
埋怨这支飞箭射中了他亲爱的村庄
他横过铁路，到他的湖边去
他从来不肯说火车的好话

发黑的木质电线杆抗议着风
而地面有了微微的颤动
一个柱形的工业革命的脑袋远远地显现

火车开过来了

地面上一道龟裂的黄线与双脚攀谈
我就要上火车，奔向不远处的一座大城
那里有他就读过却并不喜欢的哈佛


## 访问学者

她的公寓里有两个国家
辨不清谁是主体，谁是寄居
石英钟系本地时间，手提电脑右下角显示另一时区
冰箱巨大，仿佛第四季冰川
韭菜虾仁水饺遇上前任留下来的奶酪

她来自唯物论国家，到此研究神学
在昏暗书库里寻找光明
不知校车的橙线和蓝线，哪条开往天国
老橡树上的松鼠使她有了写诗的冲动
待归国，将成为一个诗人

她持 J1 签证，小学生儿子跟来当 J2
烧饭、接送上学放学、步行背回牛肉
督战儿子每天以不同语言完成两个国家的作业
儿子成 J1，她沦为 J2
丈夫在遥远的祖国守身如玉

偶有来访：身高两米的黑人弟兄借钱
同胞倾吐东方特色的烦恼
对他们，她一律开出信仰的药方

如果望够了窗前漫卷的云
她就出行，坐在火车上看大西洋荡漾


## 在耶鲁图书馆

图书馆为自己的教堂形状
引以为荣
中殿壁画上的女神
一手托球一手拿书，长着蓝眼睛
引领人们通过穹隆和尖顶
抵达智慧的天国
拱形的玻璃窗上彩绘着
紫罗兰、三叶草和昆虫
使窗子成为隐喻
书库相当于这里的暗盒
确切地说，也许更接近阴晦的墓地
一排一排，形成分门别类的坑道
假设书架首尾相连
能从纽黑文一直排到纽约
作者大都已离世
读过它们的人也大都已离世
现在我走进来，一个尚未离世的人
一个蒙面人
扛着一麻袋汉字
与满屋子英文单词发生碰撞
彼此熟稔的，热烈拥抱
似曾相识的，颔首微笑
有的互不相识，脑门上干脆
硬生生地磕出了疙瘩

从林中路选择方向，从迷宫找线索

每一本好书

都是某颗星辰在尘世的反光

都是登天的垫脚石

它们在无人翻动时

一本挨一本，用冷寂安慰冷寂

偶尔摩擦出更多的冷寂

一旦被翻阅，便血脉流通

冒出了热气

在世界末日，也会有人在这里读书

担心末日之后再无书可读

就读得更加起劲

像我此时此刻，坐在墙角

在窄小的铁桌前

翻动十九世纪的纸页

与它们交换不同世纪的体温

偶尔抬起头，看到狭窗外

午后的天空

和镶着亮边的云朵

# 娜 夜

## 日喀则

她瘦小　孤单　嘴唇干裂
发辫被山风吹乱
她望着我

在日喀则
我遇见了童年的我

风吹着她胸前 1970 年的红领巾
吹着我思想里的白发

她望着我　像女儿望着母亲
我羞愧

突然辛酸……

关于生活，
我想向她解释点什么

就像一根羽毛向一阵大风解释一颗颤抖的心
像因为……所以……

## 小教堂

孤零零的小教堂
没有上帝的小教堂
人民公社万岁的小教堂
已经没有人知道来历的小教堂
羊粪蛋和狗尾巴草
一朵蒲公英
在弯腰祈祷：
风啊
让我等到籽实饱满吧
让我还有明年……


## 向　西

唯有沙枣花认出我
唯有稻草人视我为蹦跳的麻雀　花蝴蝶

高大的白杨树我又看见了笔直的风
哗哗的阳光　它要和我谈谈诗人：

当我省略了无用和贫穷　也就省略了光荣
雪在地上变成了水

天若有情天亦老！向西
唯有你被我称之为：生活

唯有你辽阔的贫瘠和荒凉真正拥有过我
身体的海市蜃楼　唯有你!

当我离开
这世上多出一个孤儿
唯有骆驼刺和芨芨草获得了沙漠忠诚的福报
唯有大块大块低垂着向西的云朵

继续向西


## 胡适墓

这个黄昏是喜鹊的
也是乌鸦和猫头鹰的

那些飘过墓地的云朵多么轻
那些懂得肃穆和叹息的竹柏树:

"宽容比自由更重要"
波浪还在海上

不是背叛的玫瑰
和词语的炫技之花

2012 年最后一天　台北南港
胡适墓前多了三个诗人

少了三颗鹅卵石
然而　它们并未通过桃园机场的安检到达诗人的书房

167

# 庞余亮

## 饥饿妈妈

总梦见饥饿妈妈你啊
你在饿，而我
像头猪活着

## 失眠者之歌

妈妈，月光下喊你一声
老屋的瓦就落地一片
生活分崩离析
记忆无比清醒
我，继续被岁月暴力运输
"小心轻放"：昔日小学荒芜
"此面向上"：昔日中学锁紧
"保持干燥"：凋零的故乡
早易了大名
妈妈，我抿紧着你的厚嘴唇
委屈也不多言
如冒充哑巴的泥塑
不习惯担忧天下
肥硕的心
贮有冒烟的窟窿
纵火的少年，你还在吗？

一九八四年冬夜，大二的我
反复抄写一个词："流浪"
一九八八年春夜，把无法带走的旧书信
烧开了一锅水
一九九二年夏夜，拔掉智齿，进入婚姻
一九九四年秋夜，半个父亲
在一团乱草中去世
二〇〇三年，妈妈，你睁大眼睛
饿死了你和我
这些年，我倦于看书，倦于旅行
倦于举杯
要么枕头太硬
要么又太软
脾气不好的父亲，如铜锤花脸
在我身上留下的伤疤
一共七个
我不是记仇的人
从一数到七
七星北斗长照我未写完的句子
妈妈，喜欢苦情戏的妈妈
想不到最后的集合
是为你送葬
如今，他们出轨的出轨，离婚的离婚
嗜赌的那位早忘了你的忌日
逃跑的债主
是炒股失败的花旦
带着永不还钱的决绝躲在某地
令酷似你的肖像模糊
在一张虚假的身份证下度日
妈妈，你说我是继续关心他们

长着和你一样的脸的他们
还是决心忘掉他们
长着和我一样的脸的他们
无人打扫的楼梯上
我是唯一的脚印
在网上消耗时光不是我
是另一个名字
在应酬的碎片中虚荣
也不是我
服下白药片：鼻眼间勾画的白
表示去日苦多
服下黑药片：去日里不乏有乐
但没人证明的快乐
就是导致失眠的说谎。
"贪心不足蛇吞象"
这不是我的唱词
妈妈，我是在固执中渡河的
黄河象。锯下昔日野心似的长板牙
可做上朝的笏板
亦可做一副象牙麻将
砖头返回到泥土
头发返回到眉毛
命运不信任橡皮
把金字刻在额头上
妈妈，你说说我是迭配沧州的林冲
还是迭配孟州的武松
妈妈，月亮的铜鼓里
全是雨水
当初在门后烧掉的诗稿
被烟熏干的泪

又如何清算
妈妈，因你收容过的九个月
我已是一个失眠的天才


## 毁灭……

有的树叶毁于风大
就像有人毁于话多
有的树叶毁于
一滴雨，一粒雪
甚至是一粒小小的蚂蚁
就像有人会毁于
某件微不足道的小事

也有一些树叶
会毁于没有耐心的环卫工人
就像坚持的人
是稀缺的，也是悲伤的

环卫工人的扫帚拍打
瘦细的枝条摇晃
落下来，全部落下来……
时间到了
有人，就这么毁于睡眠


## 南瓜抄

秋天坐在父母的墓前

并不是为彰显孝心
用锡箔和纸钱宽慰自己
那些草早高过了墓碑
——也不是为了拔草

死亡从没有缝隙
坟前乱草丛中的南瓜也是
它像一只旧灯笼
挂在我北向的书房里
和它对视，总是目眩

一个冬天的默读课就此结束
习惯于随便翻翻，习惯于
纸钢琴上的乱弹
过了春天，被我忘记的南瓜
溃烂在我的旧书堆里
像在警告一个人的忘恩和负义

已没有一粒南瓜籽是饱满的
也没有一页日记
可以当众朗诵
它完成了小倾塌
我完成了小浪费


## 小夜曲

在每个夜晚的逍遥
把满是汁水和唾液的黑筷子
摆成了同穴的老夫妇

共同拆卸张牙舞爪的小龙虾

留下满地的一次性手套
如蜕了皮的手指们
在虚空中弹奏……
类似这样的战栗
平衡了含冤和昭雪

三年前复建的水泥牌坊
斑驳，塌落，更像经历了几百年
偏安于茫茫岁月
在人群密集的小县城
交换着彼此的幽门螺旋杆菌

一退再退
退到剩下的几页格稿纸上
连诉状信也不写吧
罪和爱还沿用原名


## 小池塘

小池塘也是无法平静的
这一年的小池塘
盛满了星辰、垃圾
和一个读书人的悲伤与寂寞
那些悲伤，那些寂寞
和时常冒出又消失的气泡
不可信任……
唯一可以相信的

是那个溺水者的发言
小池塘也是无法平静的


## 落叶滚满山坡……

枝头光滑，时光无辜
来不及被风吹的落叶们
像沉默的果子
滚满了山坡的草丛


——仅仅是暂借啊
在这暂借的人间里
沉默是最好的赊账


## 老钥匙

母亲握过的铝钥匙
已如她的沉默一起氧化
多像这些年来
已不能再说起的宏愿啊
它呆在我的口袋里
却打不开塑料纸包裹着的
"永固牌"铁锁
堵在老屋前而不得入门
这是些忤逆子的日常事故
不好说，也不能说
透过门缝可看到
模糊不清的过去吗

带不走的老屋和老家具
有着剧烈的排斥
它们是父亲饲养过的老畜生
与我格格不入
想起墓碑上悲哀的黑字
堵在老屋前而不得入门
不算是最沉重的爱
无力的宏愿总是这样
不提起，也不辩白
它在亲人们的默许中
早易了名字


## 小括号

一场夜雨
冲走了
那些最细微的沙子
抬沙子的人
还是吃尽了苦头
身体弯得像个小括号
小括号，小括号
有沙子，沙子吮吸的雨水
消失的脚印
和夜里悄悄落下的
锈钉子

# 青蓝格格

**我的腰疾源源不绝**

每次走夜路的时候
就感觉有一双枯竭的手牢牢地抓住我
他甚至扼紧我的
喉咙，并在月光送给我的
银色影像之下，将一些银色祭献给我
而我却什么也不敢留下
因为我的腰疾源源不绝

我古老的腰疾
一直在膨胀
它避开许多应该避开的事物
它始终避不开我
它将我的身体塞得满满的
它甚至吸走我的血
在我一个人的时候，它是整个世界送给我的谎言

偶尔，我的男人与我讲起葵花
我回应他的却是：
"三五只鸟儿淡淡地散开
三五缕炊烟晶莹而洁白，仿佛点点梨花"

而这，并不能缓解我的腰疾
我叮嘱我的男人："如果有一天，我真的离开了

你就当我睡着了……"


## 煮饺子煮出的一首诗

就像重复我的生命一样
我自然而然地
将新包好的饺子倒入沸腾的水里
那些沸腾的水，之前还是无声的
只过了一小会儿
它们伴随着饺子的滚动而又
发出新的声音
它们发出的声音与饺子发出的声音不同
饺子一直站在舞台中央
充当着主角
在整个煮饺子的过程中
我得到了历练
我体会到意识形态里的沸腾
与真实的沸腾是多么的不同
我相信一切真实如薄暮
当理想长出翅膀，那些无法平衡的对立
是否也会销声匿迹？
母亲大喊："想什么呢？
饺子熟了，快，捞出来……"
她的声音打断我的思索
她的声音拯救了我
我迅速地捞出饺子，仿佛捞出
一大群泡沫……

## 良 帖

整个秋天，我每天都在
重复做的事是：
把一些中药吃下去
仿佛我每天都走在一条偏僻的小路上
一会儿哭号
一会儿叫嚣

当我哭号时，总会走过来一个人
他轻抚我的胸脯，他让我
保持平静
他让我必须等到一份爱情成熟的时候
再决定放弃……

他让我一定要学会残忍
他让我，张开嘴唇……
吃下那些在他眼睛里近乎完美的中药

我在我吃的中药面前
是一副空壳
我得了一种虚无的病
我把一只鸟儿体内的空当成自己体内的空……

我哪里还有什么爱！
虽然心没有变，但死亡是
它的真名

## 烈烈兮

我感觉我的子宫收缩了一下
这种感觉与来自心灵的颤抖迥然不同
我不可能如少女那般纯洁了
也不可能如雨水洗礼过的空气那般清新了
但我一直有张有合
有时候启用雷电的形象
有时候启用宋词里月亮的光芒
但我一直爱着你
为了爱你，我又启用了脆弱的纸去裹住烈烈的
火……


## 流动帖

站在浮桥上，我望见一池塘水
站在浮桥上，我当然是静止的
可我却感觉我顺着水流的方向离开了桥
那当然不是一种向下的漂移
我无须反抗，我只需抽出我深陷在
杂草中的脚，我只需享受流动
缓慢的侵袭。流动，不一定与流水有关
流动，可以使一座廊亭看起来
如一把巨伞——流动的时候，没有线
也可以有风筝。只是谁也猜不出，我是如何
迷失的……

## 身体之疑

我一直怀疑我用的是哪一副身体
是配合我假寐的那一副？
还是怂恿我心花怒放的那一副？

我认定，我的身体是蟒蛇
这沉湎于我柔软的
乳房的
巨蟒啊
它总是像一位勇夫一样将我缠绕

它的缠绕
令我不忍心对自己痛下毒手
事实上，我是一个
残忍的人。尤其是对自己的身体

我从不把自己的身体当成身体
有时，我会把它
装入一个被密封的瓶子里
以此说明我对死亡的鄙夷

就像它经常为我唱哀歌一样
我也经常为它唱哀歌

最嘹亮的一次是因为
它成为城堡
我成为废墟

而这无关生死，无关一个人余生的另一副身体


## 岁末，写给我的爱人

这一年，我的乳房又干瘪了一些
这一年，我又徒增了许多从天而降的坏脾气
这一年，你不断从遥远的果园
为我摘回鲜美的果子
这一年，微风吹过我们的床榻
……而我还给它们的依然是我假惺惺的孤独

我真的不应该再孤独下去
每一次在你的怀抱中醒来
我所领受的，平行于我心脏的爱情总是那么真切
或者说，没有什么能将我们分开

距离算什么
我慢下来的肢体算什么
嘀嘀嗒嗒的时间算什么
一间永远不会建成的洞房又算什么

这一年，我有过一劫
有一次，徜徉于草木的清辉之间
我险些倒下去……

我把草木当成了你
我把交相辉映的光影当成了你
这一年，我无法证明自己的存在，也无法证明

你的不存在……

这一年，我偶尔笑一笑，偶尔哭一哭
偶尔剪断几根白发
偶尔忘记一些屈辱

这一年，我被你养育得死去活来
这一年，我终于学会了像你一样
垂头，但不丧气……
而这些，都无法取代每次想你时我胸脯上翻涌的
波浪……

唯有它们，才能深深地陷入你的滩涂
成为淹没我
灵魂的秘密

# 荣 荣

## 失眠谣

今晚有一颗睡不着的星星。

睡不着的眼举目无亲地黑。
睡不着的腰身走投无路地疼。
睡不着的黑枝丫长满睡不着的黑花朵。
睡不着的世界，赶着一大群睡不着的羊群。

今晚有一颗睡不着的星星。

允许它翻山越岭寻访失眠的爱人。
千疮百孔的夜，颠三倒四的情话。
藏掖的孤独掏心掏肺地摆上来。
闪着月光的宝蓝。

今晚有一颗睡不着的星星。

或者随意揪住一颗起夜的星星。
它不会是多余的，惺忪的睡眼满是好奇：
"这里真黑啊，我找不着自己了。
我很想要一颗不睡觉的星星！"

今晚有一颗睡不着的星星，
找寻它不睡觉的爱情。

## 离别谣

分岔的路口你站立不去
人潮汹涌　你的不舍旁若无人

东边的老虎张着嘴
西边的狐狸摇着尾

车就要开了　这是第几次离别
你挥着同一双手许下同一种誓言

南边的老虎露脐装
北边的狐狸小蛮腰

一转身又是东南西北
一转身又是天涯海角

天涯的老虎眯眯笑
海角的狐狸会撒娇

没人擦的泪水咽回肚
不为人知的忧伤压舌底


## 忏悔谣

时光能预设多少岔路
天地静默山水无辜　有谁听我忏悔

有缘之人在千里之外辗转
黑暗在黑色眠床　有谁听我忏悔

小小的无赖索要他内心的珍珠
弯月挂在杯沿残酒不眠　有谁听我忏悔

星光早模糊了彼此的颜面
还以为我们心照不宣　有谁听我忏悔

借着黑暗我掩盖我的慌乱
蜡烛点亮又熄灭有谁听我忏悔

爱情早已腐朽而肉体仍在苟安
我也在寻求原谅　有谁听我忏悔

今晚　我的孤独和醉意如此卑微
只有羞愧汹涌有谁听我忏悔


## 大风谣

大风呼啸　大风下的康巴诺尔仍是草原

她的蒙古包鲜艳　她的牛马羊肥壮
她的长尾雀　追赶着大风
也追赶辽阔牧场上飞翔的白云

大风呼啸　草原的姹紫嫣红近在咫尺
麦子开始冒头　青草露出尖尖

鹅翔雁凫的康巴诺尔湖装下大半个蓝天

大风呼啸　　大风眯了我眼
多么相似　　我曾在她的花海里走失
那时　　她的格桑花一路开到天边

大风呼啸　　大风呼啸
我在草原上问路　　缄默汉子的温暖
像他怀里的烈酒　　宽厚的胸膛


## 蓝公渡

要送　　就送到这蓝公渡
水分南北　　人要东西
他走外江　　她留内河

要送　　就送到这堰坝
十米高的风帆已扬起来
十米高的悲伤要收一收

蓝公渡　　蓝公渡
渡他千回百转的愁肠打个结
渡她三生三世的牵挂没有头

快把藏起的那支桨递给他
收不住的实心眼也请带走
他想家时的泪水　　高出十层楼


一只远行的陀螺被鞭子抽打

一只远行的布囊在浪里颠簸
一只手挥断了再换一只手


蓝公渡　蓝公渡
渡他千回百转的愁肠打个结
渡她三生三世的牵挂没有头


## 东湖谣

那年青春的小腿修长
那年青春的恍惚清亮
仍见她三步一徘徊
在一场初始的恋情里进退两难


仍见她小宿舍的灯火犹豫
晃乱了悬在半空的男孩目光


那年青春的小腿修长
那年青春的恍惚清亮


记忆残剩在变深的眼窝
阅历放慢了重游的步子


柳条儿垂下来湖面上打个弯
水里的云彩脱下了旧日的衣衫


仍见她三步一徘徊
在一场初始的恋情里进退两难

## 一半谣

吐了一半的骨头　半截卡在心里
抽了一半的烟　粗暴地按熄在墙上

他光滑的身体　她轮廓分明的嘴唇
刚刚开启一半　突然停下了

那一刻　她是被切落的
苹果半只　他是另外半只
那一刻　生活是半个杂种
爱是另外半个
浓稠的黑无法重新胶合

这是令人恼怒的
一朵花开到一半突然变成了伤口
她藏了一半　他躲了一半
半个狼藉的夜抱住天上的半个月亮

# 商 震

## 岩 画

这古老的铜
有着古老语言的魅惑
一层一层的锈
像一本账册

春天在这里种过桃花
蜜蜂来取过甜
那些老年斑是曾经的星星
一条石缝是死在这里的月亮

风是个花花公子
不理会历史的账册
变成生锈的石头

石壁上的图案黑里透着灰
那钩风干的残月
是干裂的嘴唇
时而会发出一些
远古的箴言

## 天黑之后

天黑之后
就无事可做
一个人不能喝酒
不能把发霉的事物翻出来
也不能一根接一根抽烟
过浓的烟雾会对现实绝望

星星和月亮
都不认识我
许多话不出来
像一面残破的鼓

一阵风过来
吹起一张白纸
我紧盯着这张
雪片一样的纸
希望是某个人写给我的信
一直看着白纸
飘到看不见的地方
我又陷进黑暗

雪还没来
黑夜不会变亮

## 初 冬

冷雨过后
白杨树脱光了叶子
赤裸着身体
摆出一副无产者的姿态

人类嘈杂
大地更安静
小草把青春藏进地下
只有枯干的落叶
一阵一阵抬高自己

## 刀剑冢

找一处荒山野岭
挖坑
挖到三米深后
再挖几锹
把心里的刀剑放坑里
填埋
地面留下一个比面包大的
坟冢

我向坟冢行告别礼
从此
任何一缕风

都可以是我的情人


## 阴阳割昏晓

我在纸面上劳作
喜欢夜晚的灯光和月亮
幽暗的世界里
一层一层剥开自己
平时不敢说的话
一字一字种在纸上
天亮前
再迅速把自己合上


白天阳光太强
我张不开嘴
也写不出字
只能闭着眼睛
装睡


## 白乌鸦

一只白色的鸟儿
远看很漂亮
近看也很漂亮
只是它一张嘴
就散发出腐尸的臭气


微风吹过

白毛翻起
露出它漆黑的本色
哦，这只乌鸦
披上了白色的羽毛

从此，我开始警惕
那些红色的鸟儿
金色的鸟儿
花色的鸟儿


## 影 子

我的影子不是我
是那些无法穿透我身体的光
留在大地的心情

太阳越亮影子越黑
月亮越清影子越凉

影子有时像我
有时不像我
更多的时候
是太阳和月亮
用我的身体游戏

影子真实
太阳月亮就真实
影子虚妄
太阳月亮就虚妄

## 十一月十二日

那些年
我俩对酌
酒杯总比月亮圆
今夜无酒
我独对月亮

都说月光如水
在月亮下
我最渴

今夜你一定住在月亮上
我看一眼月亮
就规定了眼泪的走向

月亮是一个幽深的大坑
孤单的人
看久了
会把自己活埋


## 又是秋天

又一次看到
离我越来越远的天
还有那些无法具象的云

一阵一阵的风
把我吹向
躲到哪儿都冷的地方

太阳向西
正好落在窗台上
我推了它一把
满手的血
勾出心底陈年的血迹
一股焦煳的味道扑来
世界正在燃烧

我在血里
世界在火里


## 椅 子

我办公室的椅子
是不锈钢的
每天会发出刺眼的光

金属传热快
传冷也快
我的屁股有烫伤
心头有冻疮

我坐在椅子上
看着自己
每天生一点锈

## 足 球

红队要把球踢进白队的门里
白队不让
白队要把球踢进红队的门里
红队不让
两队一边立自己的贞节牌坊
一边拆对方的贞节牌坊

球的快乐是滚动
在规定的范围内滚动
不想进哪个门里
进门或出界都是死球

踢球的人面红耳赤
球在被争抢中
发现踢球人不是爱足球
是看到足球有拆牌坊的能力


## 救 赎

我对着镜子一次次地忏悔
多少年来
一直把镜子里的我
当作教堂

# 尚仲敏

## 面　庞

我不止一次端详我的面庞
有时一连几天看着它
有时看见它鼻尖高耸、暗藏杀机
有时看见它眼窝深陷、又凄楚又明亮
此刻我看见它嘴唇紧闭，甚至闭得还要紧些
此刻我看见它猛地一惊，像背后挨了一刀
此刻我看见它满腹狐疑，一声呵欠
倦于继续摆上桌旁，倦于走在街头、投入战斗
此刻我看见它表情晴朗，悄悄转了一下
到处张望


## 深　夜

一个人在深夜
突然会想起另一个人
想起他的一句话
一个微笑，或另有深意
想起那年在一起，喝过的酒
唱过的歌，歌声引来了野狗
在深夜，你会想起你的女人
此刻已深深睡去
而你在外地，点上一支烟

却又把它掐掉
你如此烦躁又坦然一笑
你到底是在想她，还是
想起了往事
你感到一个人再浩瀚
在深夜，也大不过
一只飞来飞去的小虫


## 故 乡

别动不动就说
什么乡愁
你其实连故乡都没有
说好的缕缕炊烟呢
鸡鸣狗吠、牛羊满山坡
一阵狂风暴雨过后
说好的在村头
浑水摸鱼的童年呢
房子越搬越大
但别动不动
就说什么爱情
那个骑着二八自行车
在后座搭着你
被协警罚款的
苦闷青年
早已杳无音讯
消失在茫茫人海

## 五 月

进入五月
形势变得明朗
先做一个不抽烟的人
喝酒要看场合
古人说得好：
美人在侧，岂容时光虚度
五月是个小月
人会变得很急
朋友们各怀天下
八方游走
有人云端纵酒、懒得作诗
也有人一脸坏笑
去向不明


## 做 人

如何做一个烟酒不沾之人
如何做一个谦谦君子
先生，我已恭候多时
你来的时候
西风正起

你那随从
皮肤白净，垂手而立
如何做一个饮茶之人

做一个爱运动之人
美人迟暮，大姐成群结队
鱼贯而入
如何做一个坐怀不乱之人
饮酒而又能不醉

先生读万古书
飞檐走壁，大盗天下
如何做一个玉树临风之人
做一个身轻如燕之人
先生，你接着说
我洗耳恭听


## 写诗能不能不用比喻

时间很紧
我还要去几个地方喝酒
写诗能不能不用比喻？
让人一眼就能看懂
并且会心一笑

我试过，不用比喻
很难。比方说
有的人写得精雕细刻
像在绣花
而有的人
一抒情就把秋风恨得咬牙切齿
就细数落叶
望穿秋雁

在四川
李白当年也不过
写过几首打油诗
至今都不得安宁

就这短短几行诗
我用了不少比喻
看来在四川
不用比喻能把诗写好的人
不会很多
而外省的那些诗人
大都痴迷于书本
活得像旧式知识分子
在各种比喻中抑郁而终


## 告 密

告密者走出楼房
来到广场
他的身影狭长
幽深
略显干燥
"只有死人
才能守住秘密"
他对自己说
边说边像风一样
向前走着

在广场的另一端
一桌人中
最不可能告密的人
正在告密

我在一个窗口
看见并记录了
他告密的全过程
一旦我公布
我也就成了
告密者
（对告密者的告密
是否应该）

## 在一次诗会上的发言

诗歌是一种玩法
是生活的一小部分
就像有人喜欢打球
有人喜欢下棋
有人喜欢逛街
而有的人只是
喜欢一个人在那里发呆
对体制内的文人来讲
诗歌是工作
像上下班那样自然
所以
不能要求人人写好诗
更不能走火入魔

拉帮结派
咬牙切齿
就算能把诗写好
也要活得彬彬有礼
人模狗样


## 在雨中，一个奔跑的孩子

天刚刚亮
下着小雨
在成都南门
一个奔跑的孩子
他跑到了我的前面

一个小小的身影
没有大人陪伴
他将跑向哪里？
在雨中
也许还刮着风
他几乎是固执地
向前跑着

我从来没有
被这么小的一个孩子
甩在身后
我也在奔跑
我又会跑向哪里？

在清晨，在雨中

我小心翼翼地
跟在一个孩子的后面
也许是为了
在他摔倒的时候
好把他扶起


## 能否回到写信的年代

遍布街头的
绿色邮筒
小卖部随处可以
买到的信封和邮票
没有手机、微信
也没有视频
结识一个人
（过去看机缘
现在看面相）
先从地址开始
一本信笺
钢笔灌满墨水
黑色或蓝色
（我偏爱蓝色）
打开台灯
坐在藤椅上
泡一杯花茶
点一支烟
笔尖沙沙作响：
"亲爱的
夜已经深了

要是你没有
收到我的信
就站在大门口
听远处的
汽笛声……"
字迹有时工整
有时潦草
唉，一切都晚了
手机毁掉了
一个时代的爱情
就像现在
你已写好了
一封信
却不知道
该寄给谁

# 哨 兵

## 过洪狮村夜闻丧鼓

悲伤无言以表。有没有谁和我一样
在洪狮村忍受整夜的丧鼓，天亮前
还围着洪湖花鼓戏，为村庄
守灵。这样你就能和我一样
听见汉语敲锣打鼓，在黑夜里喊魂


## 过积庆里

很多年来积庆里都是汉口的
心病，这片华中最大的慰安所旧址
夹在汉正街与六渡桥商业区中间
却沦为废墟。每回陪朋友
来这里，采访不多的幸存者
如何在积庆里幸存，穿过那条
混杂潲水和马桶味的里巷
我总能闻到地狱的气息。丙申冬
天冷得我直不起腰，我的朋友
担心那位韩国梨花女子大学
一九三八年的新生，扛不住这场奇寒
就从马尼拉开始，绕道新德里
苏门答腊和卡拉奇，飞抵我的城市
要在积庆里，为全球慰安妇里

最后的女知识分子，留存
遗照。而对于人类，我认为知性
与否，都一样。所以我不关心地球
只关心汉口，准确地说，是
积庆里。譬如：那堵矮墙
斑驳，垛口挤满苦楝，比上次来时
又矮了寸许。雪再大点
下场估计和韩国老太太一样
随时倒掉，消失得无踪
无影，仿佛从来就没有在积庆里
出现过；而那些破得几乎散架的日式
木窗上，挂有冰凌，有腐痕，有风
刀子样，划拉着二十世纪
糊上去的报纸，有晾衣绳扯着照明线
如监狱高墙的电网，吓人地
扯着。有几台老式收录机，躲在
生漆门后头，咿咿呀呀，唱着
悲伤的楚剧，仿佛一群少女的冤魂
还被囚禁在积庆里……也算是心病吧
我的朋友，我已计数不清
有网络拍客、摄影师、纪实作家
专栏写手，甚至，有一夜成名的演员
在这片废墟，都已各自完成
伟大的作品。但我却从未见过一个
写诗的，在积庆里
抒情。仿佛阿多诺之于
奥斯维辛，积庆里
之后，汉口繁华
诗人满城，却从来没有
诗。丙申冬

与那位韩国老人相同，一旦风
裹着雪。从巷子尽头
轰隆隆地打过来，就有一队日军
端着三八大盖，轰隆隆
在我耳边踏响进攻的步子


## 武当哀歌


### 1

小女孩漂亮的粉脸蛋，从那位
年轻爸爸的身后探了出来。在金顶
他们一起守候云雾里的日出
却盯着我的脸。我跪在
神的脚下，一直在
低语，为生病的妹妹
祈祷。假如乳癌
像这场日出，在武当山巅
云开雾散，在人世
消失。我将像这位男人
放下工作，背着女儿
爬山，我将牵上妹妹
爬回比童年更深的时光
做妹妹的父亲


### 2

隐仙岩像废墟
悬在半空。愿我可以找到密修者
一起忍受绝壁处的人生，忘掉语言和

妹妹的癌症。在云中，在栗子树与
女儿红间，愿我能用这堆乱石
重建倒塌的密室，恰巧容身
安魂


## 示儿诗

儿子的手机一直振个不停。年轻人
刚刚考研成功，幻想
用一款免费聊天软件，在武汉
唤回那位远在地球背面的
女生。愿爱
拯救全人类。愿年轻人
再次成功。但我已倦了
得与失，就算在外环边上
独自老去，我也懒得去碰你们
儿子辈的那种小圈子


## 黎 明

天黑后我睡在被拆了多半的大雄宝殿
倚着空出来的神位，听到打桩机后面
那片芦苇荡里，隐约传来
木鱼声。风打残庙，也打响脚手架
空空的钢管。似呜咽
如抽泣，远远地
又像有人绕着这间残庙
彻夜诵经。我以为

那个天黑前就已上岸的老道姑
又回了清水堡。天快亮时
我一个人朝那个地方走去，两只
紫鸳，却从芦苇荡里
刺出来，掠过打桩机和脚手架
奔着洪湖，噗噜噜，飞了


## 悖 论

早该拆了。这些年
在清水堡庙，除了那个
唯一的老尼，就是鹭鸟
黑鹳和芦苇；除了几尊佛像
就是施工队携带卷尺和经纬仪在丈量
苔藓和荒寂。这些年
在清水堡庙，除了住着洪湖
一百万颗人心，而人心是虚无
我从没见过香客，更不用谈与神相遇
而众佛之经我全都读过，却不知道
在说什么。但我知道度假村
老板们的想法，好好的一座庙
荒着，如同一个人
在洪湖鬼混，却不写诗。怪可惜的


## 歉 意

不在城里
寻欢，我就在清水堡庙

面壁，与洪湖
独处。子夜。醒来
步入一间掀了顶的房子里
破败的神圣。月照烛台
草垫，神龛，条椅，残柱。是我
在天黑前，见过的那间
佛堂。我抱紧双臂
折腰但不屈膝，就能扛着夜霜
洪湖的冷。算作向众神
离去致以诗人的歉意


## 旧 病

孤独
让人心灵手巧。天黑前那个老尼姑

坐在洪湖的反照里，倚靠庙墙边的垛口
补那件发白的僧衣。要是我能拜她

为师，一辈子守着清水堡
写诗，在语词间修行

就像怀着青年时代的肠胃炎，尝试野莲
青蒿和自然主义。我也可以在世界

微小的光亮中
穿针引线

缝合那件旧衣裳，汉语的

旧病

## 蓑羽鹤

雪雾中蓑羽鹤躲在众鸟外边，支起长腿
洗翅膀

蓑羽鹤打开乐谱架，却拒绝加入
合唱团

驾船路过阳柴岛，我在洪湖遇见过她们
终身的一夫一妻，比我更懂爱

这个世界。古铜色的喙
藏有小地方人的嘴脸，属我的

属人类的，因羞涩
怯懦，面孔在黄昏中憋得发黑

## 在阳柴岛

我熟悉这渔村，如熟悉洪湖的孤苦
不幸。蜈蚣草、青蒿、芡实和莲
掩埋 217 户渔民，阳柴岛
看起来像是野坟。四面环水
我借别人的船，早已在此
栖居。多年前我就承认
我儿子在县城学籍栏里

对我的描述：父亲
无业游魂。多年后我更愿孙子们
拿我当水鬼，而我的后来者
会把我看着什么：天鹅
朱鹮或洪湖的珍禽？荒诞的命名之后
阳柴岛依旧十年九不收，收获绝望
寂静，我得到的回报是
现代汉语诗。正如风打渔村
送来洪湖湿漉漉的空气
虚无，也是


## 又上清水堡庙

三月暴雪压垮了清水堡庙
五六只黑鹳
趴在那根檩条的断口处
为争抢一窝白蚁
吵得不可开交。每扑腾一下
都会抖落腐木渣和颓败的东西
我静静地站在黄昏里
思忖，要更换哪种立柱
才能撑起坍塌的一角
我的脸避着风
一队反嘴鹬藏在雪地里
相互叫着，准备离开洪湖
迁往欧洲大陆，去这个星球的背面

# 汤养宗

## 最后的利器

十年鏖战，我的虎头符已经丢失
兵退尽，斧戟也断
炉火能再造的，只有这可以回炉的身躯
这最后的利器，过去属天朝
现在归自己。大水落，滩头生
行走在没有故乡的故乡，我用这天体
看护这条命，或用这条命
来用完这一件东西
夜里铮铮作响想出鞘的小命
眼看就要锈去，江山已不再需要我
为谁去动手动脚
上气不接下气的，只有剩下来的光阴
酒肆里，素有东方古战场
他们笑我百无一用，笑我亡命天涯
围观水渍边的蚂蚁正走投无路
却不意穿过洛阳河，就是火烧阿房宫
就是曾经的封侯拜将台
我大喝一声，神灵在一旁哭
用地道的秦腔说：曾经多么锋利的刀斧
请给它留下一点点面子

## 追心鼓

在鼓声中它是真正大步流星的那个
具有大爷心境般计较这
又计较那。作为声音的马蹄
它要在断崖处捞人，巫师那样叫住白云
人心太快，它赶在那个
一去不复返的人到达之前，用大口
大口的喘息，说天雷
正追你而来，你跟我回去还是就此止步
这声音赤手空拳，却正抄起家伙
有人应声倒下
无法捕捉的人太多，但空气中
不依不饶的绳索也太多。抽刀断水
或者隔空抓物，都是神
附在一张牛皮上的话语，都是
一阵紧似一阵的律令
只有我这个异族人是自我任命的判官
说鼓声可以让给任何人百米之遥
但鼓声所到之处，天雷随即现身


## 人物志

昨天终于得到信息。那几个史上的忠烈
壮志未酬的英雄，都有了今生
关云长在一间铁铺里打造刀具
世上已无好钢，能划开《春秋》里的春和秋

215

苏武在大学里演示模糊论
问竹与节哪头是哪头非哪节长哪节短
岳飞的工作在海关。俗称进出口
进出的货物，只认图章，凭不得自己判断
三人同时说：在这个太平盛世
终于可以完整度过自己的一生


## 断 章

用尽所有的排除法，诗人与杀手唯一的
可比性，是杀手在最后
又补上两枪
这显示了他的专业。我写诗，也有不放心
当文字做出精确的出击，也有人
立即死过去。又故意
写下两句闲笔，像多出的旁批
说这两行，是让谁的心脏恢复心跳
那两枪
要让停下来的心脏再次停下
而最后那颗子弹，也类似于某句出彩的旁批


## 龙虎榜

张僧繇画龙，并不敢再给龙点上眼睛
怕墙上四条龙要破壁飞走
请细细看我的瞳仁，同样不讲理的，另一只虎
也会不要你们，迟早也要返回无名无姓的山林
扔下你们这些不敢自以为是的家伙

我要夺路而去去过无法无天的生活
去咆哮。与白云走走停停
来吧，上帝还欠我最后一笔，天地自会暗合我心


## 打铁铺

仔细想想，每把打出来的器械其实都像极
这个强壮的男人，至少，是他身上的某个部位
那些铁器，也是那些胳膊，大腿，粗短的手指
还有他的眼神，他铮铮作响
藏在铁中与谁较量一番的火气，他锋利的念头
个别的几把，女人看了爱煞又脸红地回避
那东西勾人心，长得很是不讲理


## 独行侠

天又生暮色。我又朝云端开了一枪
并不是天上有飞鸟。我又在路边树上
劈了一刀，并不是路旁
有埋伏。事实是，自从我独行至今
大地已被我关闭。可当一个人
独自行走在大地上，又会有
许多眼睛在过问你。你会在身体中
再走出另一个人，去与路边的谁吵架
要他把路让开。要让自己信任
真的是一个人大摇大摆在路上

## 受命于恒星

一些石头活着，更多的石头已死了
想到这，高大的银杏树
在换装，远方的仙人约请他已多时
他离去，证实众生正确的活法
脚下还有新人要来，雷神要发出新的响声
万物都在变换位置
我返回故里，许多人
依然叫出我的小名，我却不知他们是谁
埋在老房子基座下的，有我儿时的玩具
但我无法告诉谁，我当初的心跳


## 我望星星时星星也在往人间张望

李不三一再交代，要是再想不开
就到屋子外看看星星。就像他郁闷时
疯狂地吃肉。他告诉我
这是项极好的运动，对肺，对脑
尤其是对心脏，相当利好。类似于
从这座屋子跑到另一座屋子
门开了，迎接你的是一位仙女
交谈就在这刻开始，身体
开始与另一具身体交换
那里是异乡，爱脱胎换骨的人
打赤脚，说胡话，搂搂抱抱，都可以
可你别久留，别一高兴

就赖着不走。这违背天意，更违背

石头是石头，肉身还是肉身

尽管我还没弄清楚，到底

要变形还是老老实实守着肉身

一些木纹在生长中，变成了

另一种木纹，一个人看星星

看着看着，身上就突然

闪闪发光。"你到底还能不能

摆平自己？"我一再地这样问自己

被问的还有我与谁的距离

星星们其实也在往人间张望

如同掌握谁不安分的命相

一定有众多的人也在看星星

发呆之间，显得你有情我有意的样子


## 秩序的魔法

所有的动物都要引颈就戮的。都喜欢

与夕阳赛跑，他们的宽度

在林子之外的另一双眼睛里越来越紧

刀斧与牙齿有宽限，但时间的腰身是细小的腰身

时间之约约着这些赴死的项脖

好看的皮毛要燃烧就尽情地燃烧吧

典籍早已写好要义，空白处

还留下四个字：快来取死。

所有的绽放也只剩下：一息尚存。

秩序有魔法：向东向西都在镜中行走，镜碎影裂。

## 挂 刀

墙上一直挂着一把刀。不可能取下去杀谁
不可能去讨伐,把活在太平
说成心在乱世,或闯进一座迷宫
指鹿为马地错杀一千又立旗号自拥为王
不可能一开始就有杀心。但我
确有杀心。确有几颗头颅
被我砍掉好几次,还捂住肚子,说已吞下
许多马铃薯,一副无敌于天真的样子
电闪雷鸣的夜晚,万籁俱寂也是
我又把过去写过的剧本念出来再演一遍
问的人是我,答的人也是我
"不杀你天下不是天下。不杀你我就杀空气!"

# 王单单

## 事件：瓦斯爆炸

煤窑口
堆放着
一些
尚未彻底炼成炭的人
有的还在冒烟
有的还在颤抖
我想，若干年以后
他们要是真的成为炭
点燃后，火焰中
是否还能听到
隐忍的哀嚎

## 清明书

每逢清明，我便发动战争
与山间草木较劲。它们
长出一茬，我就割掉一茬
起初，我的每一刀
都怀着深仇大恨，我发誓
绝不让草，活着
走上亲人的坟头

时间久了，草们
越来越顽固，而我却
越来越无力。天注定啊
我会成为这场战争的失败者
会沦为荒草的阶下囚
甚至某一天，我会默许它们
高过我的头颅


## 刻 佛

左手扁錾，右手铁锤
从废石头中，可以取出
一张慈祥的脸。我随意地凿
不知不觉，它就双耳下垂
就笑口大开，就袒胸露乳
就手持佛珠。当我突然
意识到，这块废石头
像谁时，手一颤抖
又在它的眼角
划出一道泪痕


## 挖 地

山坡上
我们铲除荒草，在身后
挖出整齐的土坑
劳作的人中，我的祖母
始终忧心忡忡，她说

挖浅了，埋下去的种子
很快就会被动物刨走
挖深了，一旦下面漏水
鬼们就会爬出来
借人间避雨


## 我的学生

最初我不喜欢赵小穗
遇到谁都怯生生的
某次她在作文中写道：
妈妈，我的眼泪不够用
每次想你，都省着哭

这让我心头一紧
趁其不在，忙向其他同学打听
大家异口同声地说：
她爹死后
她妈就走了
她妈走的时候
她还小

同学们回答得那么整齐
像是在背诵一篇
烂熟的课文

## 最后一程

起飞之前
收到他妻子的短信
说他不幸辞世
希望生前好友
前往吊唁

我瘫在座位上
盯着舷窗外
一朵上升的云
总希望飞机
能再快一些

航线图显示
我正经过山东上空
这是他的老家
由于气流冲击
飞机颠簸了几下

我心想，这难道
是他正好经过
而命中注定
我要在此
送他最后一程

## 小叙事

那时我还小，时常去草丛中
寻找我的哥哥。我认为
他可能变成了一只蟋蟀，青蛙
或者蝼蛄。类似的小东西
我还捉了很多带回家
逼着妈妈指认，谁才是我的哥哥
而她哭得太久了，总说
眼睛里有雾，分不清
随后还会补充一句：
他是溺死的
不可能是青蛙


## 登烽火台
——致裴雁巍

我是悲观的人
一生都在仰望落日
雁巍兄，我选择黄昏时
踏雪登高，从荒草中寻路
终于爬上恒山北麓的烽火台
你用长焦抓拍我
追问太平盛世的书生
为何带着一丝匪气
雁巍兄，你看我像不像
斑驳的烽火台，补上去的一块

225

这就对了啊，我写诗
就是为了成为一个
放哨的人。


## 宿命论

上帝摊开手掌
让我们在他的手心里
练习长跑。


## 天葬台

喇嘛下山后，又回头望了望
青草长到天葬台边，就不再往前厂
空出的位置，摆着石砧，斧头和匕首
几只秃鹫，刚吃掉一个小小的人间
它们扑打着翅膀，像一些颤栗的墓碑
散落在山坡上


## 老父亲

我的父亲，曾在一个
名叫苦胆坡的地方挖矿
他每次凿好炮眼，埋下炸药
慌忙中点燃火绳，就拔腿冲向洞口
等到大地深处发出轰然巨响后
他还会再次返回洞中

一个人站在黑暗里，想了想
又往前走了几步


## 白发人饮酒

饮少辄醉。我们抢走他的酒杯
理直气壮地，有人良言相劝
有人面露愠色，有人命令他
空杯对饮，要喝
就喝寂夜的风烛，残年的剩雪
要喝，就喝月光压弯的身影
皱纹中深埋的光阴
我们推杯问盏，谈笑风生
全然忘记，身边坐着白发人
他不言不语，哦，或许
他在等，等我们都老去
等我们也白发丛生
那时，一群白发人
将因为孤独，劝彼此
重新端起酒杯


## 回　家

儿子夭折后
埋在离家二十米的荒地上
四哥在他坟前栽一棵竹子
并刻上名字。绝望中
带着四嫂离家出走

七年了，四哥不知道
当年那棵竹子，已由一棵
变成两棵、三棵……
正朝着他家的方向
渐渐蔓延成竹林
如今，有棵稚嫩的笋子
已破土而出，就快抵达
他家门口


## 杀　鳝

把活鳝鱼放进冰箱
稍加冷冻就会定型
有的弯弯曲曲像细浪
有的首尾相连像圆圈
有的还会几条绞在一起
似乎难分难舍。这时
它们会乖乖地，任你将其肚子剖开
但下手要准，速度要快
否则阳光温暖，刀片才划到一半
它们就会醒来

# 王天武

## 内宇宙
——致津渡

他相信更唯心和更民主——
在内宇宙的上空，
晚间一人向隅而立。

## 蝗虫的节日
——致许梦熊

蝗虫不会压抑自己。它们能完全放开，
并且进入彻头彻尾的快感中。
它们能飞得更远，繁殖更快，
在吃和交配中拥有自己的文明。

在这种快速发展的文明中，
我留下情感，
很遗憾留下情感。

## 青天之门

拾级而上
我看到一扇门，如果你能打开

我出生时的白云，已经老了
蛰伏在两边

我学习的古汉语没有屏蔽词
这样我们可以放心交流

你不会在说到某个名字时就突然无声
手像一条狗尾巴在摇啊摇


## 思想之痛

玉梅说：我们平凡得
就像晒在路边的布鞋

美伊说：我们每天都在做着毫无意义的事
甚至连目的也没有

我突然害怕她有思想：孩子
我怕你有思想


## 毁　诗

这几天，又有几首诗被他毁了。
那种瞬间的、突然涌上心头的喜悦
又变成磁力般的无奈。
而他的心还在雾中，还在对她深深眷恋：
"世间竟有如花瓣似的肌肤！"

突然有人问他："你爱她吗？"
"我只爱我自己。"他下意识回答，
"我的短暂的人生，不会输出任何东西。"


## 小语种

卑鄙的小语种的使用者们
作为你们的同行，另一个小语种的使用者
你们的不屑将遭到惩罚
我无权要求你们不再使用汉语
我相信"恶"能使我们达到预期（效果）
如果你们能在"恶"中，在实践时保持公正
或者，能让你们的小语种保持沉默
躺在密室里，它将如大海深不可测


## 那些配得上不说的事物
——致毛子

从街上回来，我的腿上还有火花，
还在爬着，跳跃，向上烧。
我坐在电脑前，已经忘记这些。
我知道，我已经不是她的孩子了，
时间让我们互不相识。
如果她还活着，也是另一种活着，
很平淡，也很抽象。
死需要一具身体，活着要另一具。
我现在的冷漠
也需要一具。

我拍拍手，火花还在烧。
还在，妈妈，而这像虚无一样真实。


## 苦
——献给玉梅

在极度物质化的时代，
你不要学习如何聪明，
你的四周都是聪明的物质，
和贪婪的肉体。

虽然有例外。
你能做比上帝更好的人，而不是神。
尝试受各种苦。
身边没人的苦——
自由把它自己交给你，让你吃它的苦。


## 银色巨象

醒来时，看见她还在熟睡，
他就亲吻她。她闭着眼睛，
笑着说："我看见你骑着银色的巨象。"
他并不清楚银色巨象多大，多了不起，
但知道，自己正在成为依靠。
在这座城市，成为一个女人的依靠！

# 有一天

也许有一天，我像往日一样离开
什么事也不会发生
但是我不再回来了
一片虚空，把我收留

接着，我在一棵树下写诗
像往日一样，我只是比往日清晰
不急于写下一首，写给谁
我写在秘密里，而那秘密
在人们用力交谈时，已消耗殆尽

## 急需品
——致毛子

我知道，有一种盲目是中国式的盲目。
有一种快乐比快乐更彻底，也更好丈量。
当我像一个诗人，烂醉的虚无主义者，
一个五官没有刺的士兵，
我发觉一种无用的苦闷在远处望着我。
一种……无用、迟疑，
防止灵魂
打滑的马蹄铁。
令我尤为不安的也是不安，
它带走的无用的那一份，
——无用是急需品。

## 植物时有哀伤

我感到寒冷，又找不到
把寒冷带给我的人。
我望着窗外，
阳光正在纺织明亮的布料，
规模大到让人心惊。
自然的伟力，
逼迫着墙上的钟，窗台上凝聚的冬青。
植物时有哀伤，
并把它们放在微小的颤抖里，
我把手放在冬青的叶子上面，
就好像一个人顶着大片虚空，
只是他从不出声，也不抱怨。


## 不是星星
——献给李婉

不是星星
是几颗亮钉在蓝色的舞台上
你伸着手，要揭开那片比较薄的云
或者，像毕肖普一样在大锡盆里洗发
打碎了月亮，还闪着光

给你的诗在半空中我还无法捉到
细雨和寒冷同时飘落
我能看到雨滴，那些光滑的小圆球

落在车窗上，有从上到下
让人发抖的自由

也许我想写的是寒冷
它和我有过肌肤之亲
如此亲密，如此悲伤
你抱着自己，除了这样
你到何处取暖


## 棋　道

我说的话，每一颗棋子都知道，
每一颗棋子都看得清，无论是参战与不参战的。
阳光照进两个棋笥，它温暖众生。
多清净啊！将要出现的棋局，是从未有人走过的。


## 历　史

我们没有见过历史
因而篡改它（而不觉得那是篡改）
羞辱它
笔在我们手上
我们在黑暗里写
菩萨看着，庄严而忧伤
她让历史从黑暗中逃出来
站在偏殿，让他目睹
他一会是男人，一会是女人
一会受尽香火，一会破败不堪的过程

让他在人间行走
不知道余下的人间
还能羞辱他多久


## 恐 惧

此刻我还剩一点骨头。
死，没全死，支撑我的不在了。
明天的墓穴更硬，窗户更冷，恐惧为零。
恐惧——那曾是我最重要的，现在还给你们。


## 一生中喜欢的人

在这个房间里，我路过了我的影子。
当我摸着黑小便，窗外夜色深沉，
我捏着硬邦邦一根，与他不期而遇。
他告诉我挺困难的，写作还在持续。
"但不是，不是像你那样写作。"
"你看不到世界、海洋，我们是在黄昏的宁静中，
前面的云杉上挂着新球果。"
"你倚靠的墙在漂移，现在我们正倚栏观望。"
我想起我阅读过扎加耶夫斯基和毕肖普，
听过塞巴德讲述的故事，
对"一生中喜欢的人"越来越亲近。
我相信好词语会留下，坏词语会消失。
而这个我可是我？他活在幻觉中，
在我的身边砌起教堂，为那尖顶痴迷。
他喜欢沈方，一遍遍诵读"民国语文课本"，

"应蒋峰之邀往新世纪花园酒店",
仿佛刚刚从书中回来，带着墨香。
如果他是我，我又是谁？弄不明白，
即使这遭遇是真的。我放下闲聊，
两个人在沙发上抽烟。他在沉默中
变成了树，倾斜着向我表达：
风占有了他。"你和我都知道
一切已得到回答，一切都已处理妥当。
但是你应该写一首情诗，给那未出现的人。"
"在可爱的蓝色中，难道你不爱她吗？"
他的绿色肢体又延长了两公分，
向不存在的你表示敬意。然而你
就像一腔移动的笛音。
我们摆好姿势，我和身边的虚无，
我很开心，你却不见了。

# 武强华

## 山海经

三月五日进山
风大，阳光明媚
累了，坐在向阳的山坳里读《山海经》

一批探险者进去了
我听见有人在谷底大声说：
瞧啊，山崖上的那个人

那声音
仿佛来自远古时代的一只海龟

## 过南京

五月，大雨中的南京
一副不食人间烟火的样子
在街头饭馆里，张二棍、孟醒石和我
三个北方人，尽管
可以说说满街的悬铃木
谈谈爱情、理想和生活
但我们还是要了水煮鱼和二锅头

说什么好呢？没有总统府

也没有乌衣巷
三个沉默的人，两小时之后
又将各奔东西。诗和酒
只是暂时加重了这座城市的忧郁
而大雨倾盆，对生活
却是另一种鼓励和放纵


## 长江大桥

乌云和江水
一起流向天的尽头

运砂船驶过，一个光身子的男子
站在船头，仰望着桥上的人

暮色降临，天地将合
裸露的身体，似乎已做好了献祭的准备

渐行渐远。那船上没有我的亲人
但泪水，却已模糊了我的双眼


## 清 明

雪落着，在人间
同时也在幽冥的世界里

两个世界多么相像，隔着一层白
一些人被另一些人无端怀念

必须做点什么
才能救赎我们虚空的未来

我烧纸钱，并郑重地
把供品放在他们的墓碑前

另一个世界里没有我思念的人
可是，雪太白了
我一直在流泪
雪盲症使我看起来
像一个伤心欲绝的人


## 那时候

那时候，我一直不记得父亲的年龄
他是壮劳力，每年都要上山去背矿石
换来一家人的口粮和三个孩子的学费
那时候，我一直以为他是个贪吃的人
每次，说起山里的事情
他都咂巴着嘴
说野青羊的肉是这辈子吃过的最香的肉
却从不提及自己落下病根的两条腿
母亲三十九岁
很多年我都以为她不会再老
冬天，她随人们去山上拾发菜
那些细细的发丝一两能卖七十块钱
她给自己上了发条，整天
低头弓腰爬行在山坡上

那些天，她的眼睛肿得像桃子一样
那时候，我才发现
她其实已经四十九岁了


## 鲁迅故居

十一月的最后一个星期天开始写信
先生，你是对的
没有什么能够阻止一个人
呐喊的声音。你亲手所栽的
这棵1925年的白丁香可以作证
在这依旧荒凉的人世上
我想念的那个人
他爱过，而且
也被真正爱过


## 王府井

你们说的酒话我只听了一半
另一半，被羊群打断

深夜里，我们吃下羊的肺腑
啃羊骨头上的肉。仿佛
又回到山野的那一日

但我咽不下二锅头
和这些羊一样，在异乡
我也有一副经不起刀斧

就已支离破碎的心肝


## 在武汉


**1**

之前，有三个愿望：
吃武昌鱼
去长江大桥看落日
在汉口码头别故人

最后一个没有实现
2016 年 9 月 24 日，我一个人
在江边独坐至深夜，也没有等到
那艘开元十八年的船

**2**

暴风雨随时会来
一座城市随时会成为一叶扁舟
消失在地球的另一面
但雨迟迟没有落下

我想尽快回去
但黄昏时，数百个民工正在下班
数百辆电动车正在穿过长江大桥
我必须站在一边，紧靠着栏杆
先给那些急于回家的人让路

3

今天我在江边嗅到的河豚味
很可能就是
你说过要请我吃的那一只

不可否认
有毒这件事，其实
让我们都有过隐秘的疯狂念头
——谁先死，谁就是那个杀死知己的凶手

4

作为一个北方人
登上那艘船又能如何
出海打鱼，忍受风吹雨打
又能如何
夜宿渔船，与船夫把酒临风
又能如何

可是你知道，我说的
不过是想象而已
在武汉，每个人的身体里
都潜伏着一江水
一不小心
就会溺死在自己的身体里


## 掏 空

已经没有了

她还在酸奶瓶里掏
卵圆形的勺子刮着杯壁

这多么像一次手术
那种撕心裂肺的疼，又一次
从小腹深处传来
被掏空的身体发出空洞的响声
卵圆钳刮着子宫壁
越来越薄，越来越薄
几乎就要晕厥过去

她迅速扔掉勺子
整个下午，对自己的残忍
都有一种忿忿的恨意


## 下过雨之后

下过雨之后
压迫感消失了
世界换了副面孔
天空变得和蔼可亲

可是此时
明亮照见了悲伤啊

悲伤时
我比任何时候都爱
而且更彻底

# 镜中人

一个人可能在夏天冻死
也可能在冬天中暑
在镜子前
她把衣服一件一件穿上
又一层一层脱去

"蛇是冷血动物，需要冬眠"
"这个人的身体一开始就睡着了
没有人可以唤醒她"

# 西 娃

## 有那么一个人

我独坐在清晨
把一首写坏的诗歌
改得更坏

她也是

我在夜半
翻看日记
为曾经那么爱一个男人
深感不解
我对自己说抱歉

她也是

我抱出不穿的衣服
试一件扔一件
抱怨穿着这些衣服那些时日
没有一刻可供回忆

她也是

我不知道她是谁
存在于哪里

但我知道有那么一个人
在相同的时段，与我做着
一模一样的事情
带着相同的心境


## 柬埔寨花

在民丹岛七公里处
有两片一望无际的墓地
大大小小的碑林丛中
一棵棵笔直的树上
开满白色花朵

这是墓地中唯一看得见的活物
开放得像死者的预言

导游小欢告诉我
她们名叫柬埔寨花
只开在墓地里
并且，她们无需种子
像死亡无需种子
只要花落在地上
就能长出一棵棵树
一年四季都开花
像死亡一样充满生机

每个夜半
那些死者都从坟墓里闪出来
把柬埔寨花含在嘴里

给它们注入生者给予不了的那一些


## 清 明

那时我们在成都
我为一个男人
一场爱情哭泣


她说：我好羡慕你
还有眼泪给男人给爱情
有一天你会明白
这是多么幸福的事情


那时我 23 岁，她 19 岁
正是我们为男人，为爱情
哭泣的年龄


她 25 岁那年，因为癌症
她进入香山陵墓里
我还在为爱情哭泣，也为她哭泣


我为男人为爱情
再也哭不出来的这一天
于一种清明的快慰与清明的悲哀里
把 19 岁的她和中年的我
画在一页页纸钱上
一同烧给了她

## 一碗水

她专注地看着一碗水
用细若游丝的声音
念着我的名字
念着我听不懂的句子

"你父亲，死于一场意外
与水，医疗事故有关。"

是的，大雨夜，屋顶漏雨
他摔倒在楼梯上
脾破裂，腹腔里积满了鲜血
医生只让他吃止痛药

"2014 年，你与 15 年的恋人
恩断情绝，纯属意外。"

是的，我们正在谈老去怎么度过
他手机上跳出一条短信
"老公，你回家了吗?"
我不听他任何解释，摔门而去

"2016 年 1 月，你女儿上学的钱
被你败在股市里……"

是的，他们使用熔断机制
我和上亿股民

像被纳粹突然关进毒气室

……
是的
……
是的
……
是的


这个在李白当年修道的大筐山
生活的唐姓女人，一场大病后
身上出现的神迹：她足不出户
却在一碗水里看到了我的生活


## 羊 眼

很久了
他发现自己的眼睛
混沌，所见的事物
也越来越暗

在鄂尔多斯的餐桌上
他吞下一只巨大的羊眼
他渴望这只羊眼能替代自己的眼睛
看见永远的星空
草原，和因自己失眠而远离的
羊类的温和与宁静

从此，他却无所事事

流泪不止


## 他在为我们看不见的东西，哭

我们正在吃饭
在阳光下的院子里
五岁的侄儿突然大哭
指着前方喊着：
爷爷，那是爷爷
顺着他所指的方向
我们仅仅看到一望无际的阳光

这是父亲去世的第七天
按家乡的说法
是灵魂最后一次回家的日子
而我们除了看见一望无际的阳光
什么也没看见


## 镜 湖

行者，我们无声地投入。彼此
这个早晨，你远道而来
在半梦半醒之间，你像嵌入者
把身体投入我的体内
而我接纳你，一如接纳飞过我的禽类

你不属于我，你正在构成我
像投入我身上的白云，蓝天，星空

我幽含他们，也幽含你
从不吞噬

我把他们返回天空
把你返回岸上


## 茜茜公主

去华人艺术家
小林东秀家做客

她做的西餐很好吃

叫茜茜公主的 5 岁胖女孩
不停往嘴里塞
一种特制薯条——
"真好吃，我要跟它结婚！"

"你已经跟寿司、汉堡、黄瓜、羊肉……
结过婚了。"
茜茜公主的母亲
着急又哀伤地尖叫


## 奥科勒

每天站在阳台上
透明的蓝天和阳光
轻易把大片奥科勒

送进我眼底

微微起伏的山坡上
隐约于花丛和绿树的小别墅
被一阵阵风抛出
——阳光下，它们多么像
活着的坟丛

我一次次看着瓦雷里
从我意想中走出来
像我这样站在阳光下
他打量奥科勒的
神情与目光
跟打量海滨墓园
一模一样


## 这一天真来了

你出生还不到
8 个月的那一年
我去一座湖边的房子里
陪同失恋女友

她夜半惊惧地站起来
幽魂一样满屋转圈
她双手扯着
头发
一缕缕脱落，慢镜头一样
在白炽灯光下，飘

可我的身体，语言，却像被
强力胶粘住了

熟睡于婴儿车里的你
在她压抑的抽泣声中
放声哭起来，仿佛她全部疼痛
正在通过你的身体
释放

女儿，从那时我就担心
生怕有一天
你也会像她这样

而这一天真来了……

# 小 西

## 影 子

她大声呼喊
请求我停止奔跑。黑暗中
她的呼吸起伏，令发丝轻颤

我一生的悲喜，这唯一的亲历者
将陪我到最后一刻

在凌晨，分明感到她在翻身
然后低泣
但亲爱的，现在没有光
我又能为你做些什么

## 香椿树

二婶慢慢爬上梯子
去掐椿芽

这棵香椿是她父亲种下的
一九六七年的春夜，风很大
月亮隐入云层。他游街回来
把写有标语的牌子扔在地上
然后，把自己挂到椿树上

每个春天
她都会去掐椿芽

没有椿芽的时候
二婶想起父亲，就掐自己


## 新年记

去理发店排队
把直的卷成曲的，旧的染成新的
跑到广场上唱歌，喂鸽子
打开电视，看一些人说谎
去吧台点大杯的啤酒
让泡沫冒出城市的塔尖

还要大口呼吸
假装陶醉于将至的春天
和一场虚无的爱情
并赶在寒流到来之前
去医院看病。等待男医生
用摸过胸部的手写下病历：
"无需吃药，早晚各一次热敷"
我不再感到羞愧，三十岁以后
越来越爱穿紧一点的内衣
越来越想把沮丧的、松垮的事物
变成陡峭的山峰

## 百日祭

我们把悲伤埋进土里
然后离开
但它们在生长。曾经撒下的种子
如今，在坟墓上长势茂盛

姐姐，请小点声哭泣
别惊动它们。你看——
开白花的芝麻，紧靠着低头的谷穗
就像爱笑的母亲，依偎着讷言的父亲


## 猫

它从那个人的怀里挣脱
跳到走廊里。经过我时
停下来，凝视我
镶嵌在毛发中的两粒玻璃球
折射出冷漠的光

我背靠窗子站着，手里抱着暖瓶
金银木茂盛得让人伤心
我的父亲，躺在病床上
额头渗出大滴的汗水
他也有一只猫
正用疼痛喂养着，日益肥硕
他的身体，很快就要装不下它

## 上半年

上半年，麻烦不断
像几根绳子，在暗处较劲
并狠狠拧在一起
时常被突如其来的悲伤淹没
在暴雨中，寻找干燥的鞋子
不止这些，我开始假装平静
把焦虑的内衣，穿在皮肤里面
为了让一切看起来不错
一个人在家喝咖啡的次数变多
每次都要多放一块方糖，小心搅动
每次都要赤脚，穿宽大的睡袍
用蓝发卡，别住湿漉漉的长发


## 纸，或者雪

当门关上
狭小的空间里，不会再有别的人出现
我拿出毛笔
往瓷盘里倒了一点墨汁
一张纸，铺在那里
白得让人惊慌，仿佛一场雪
落错了地方

但我不得不弄脏它
就如你，不得不爱我一样

在寒冬腊月里
一场雪铺天盖地，你生下我

天色渐晚，踩脏了雪的人
急着赶回家，洗净自己

可是母亲，我不得不起身
在黑暗中，再铺开一张纸


## 去石门寺的路上

晴日，无云
向山上走去，距石门寺
还有五六百米远
有个僧人，低头扫着石阶
松针簌簌，小而锐利
从他微亮的头顶上落下

前面空地上，坐着一群剧团的演员
卸着浓烈的妆
扮演穆桂英的女人，神色疲惫
一柄雁翎刀斜躺地上
银漆脱落，露出木质的刀刃
她仔细摘下，帽冠上长长的翎子
然后站起来，把空荡荡的戏服
挂到树上
不要轻易去打她的主意

## 一双鞋子的记忆

蓝色，布鞋
走到哪里，跟到哪里
和我一起捡过土豆，放过羊
在树林里奔跑，踩脏肿胀的雪
瞧不上它们，又无法丢弃
自卑经常从它们开始暴露
先是一个脚趾，而后是三个，五个……
完全坏掉的时候，我拎着它们
赤脚回家
早晨醒来，脚在母亲怀里
鞋子，放在针线笸箩旁边
每个破洞上，都开出一朵紫红的小花


## 清明赋

所有的事物都在变旧
旧的树，开着旧的花
旧的河，流着旧的水
我们的旧骨头，磨损着旧骨头
眼泪也是旧的，父亲
墓地里的石碑，越来越多
你的老祖宗、父母兄弟都在这里
你不该感到寂寞。你要保佑我的母亲
那个被时光用旧的、几度昏厥又醒来的女人
不要让她喊出你的名字

## 致母亲

我迷恋她年轻的样子
衣服的褶皱里
夹杂着青草的气息

迷恋她浑圆的臀
小心从路边，抱起受伤的羔羊

迷恋她，爱她的丈夫和孩子
在暮晚，带回一束雏菊

迷恋她，爱上她的旷野和山谷
赤足在清溪里捉鱼

迷恋她，粗糙的手
缓缓松开一缕春风

迷恋她，头上的白雪
那怒放的早樱，风一吹啊
风一吹，就要落入泥土


## 住在海边的女人

如果他们还活着，打鱼的船没有被海浪掀翻
丈夫今年应该五十七岁，儿子三十三岁
现在是隆冬季节，他们会蹲在地上修补破网

或提着油漆粉刷旧船
而她，会为儿子织一件深蓝的毛衣
或者，缝补丈夫的靴子
如果遇上大雪，一家人围在火炉前
边烤红薯，边闲话家常

一想到这些，她就祈求上天
原谅自己还活着。要债人离开之后
她擦干眼泪，抱起一捆干草
来到马厩里，一双小马驹
正耳朵贴着耳朵，蹄子碰着蹄子


## 年 关

那时，冯伯是镇上最好的屠夫
一头猪，半锅沸水
两把尖刀，上下翻飞
少有的漂亮技艺

雪下得很大，父亲买肉
去亲戚家还一些旧债
一只黑狗追了很远
半路上，肩膀疼痛
袋子里的肉，紧紧勒进了他的肉

# 徐 晓

## 我有夜夜不眠的思念

我心里藏有一片被春雨浸泡过的原野
和一匹猎豹。原野上茂密的植物汁水饱满
而猎豹日夜忙于奔跑。我的眼睛时而泛起
翻滚的潮涌和蓝色火焰。我总是梦见
暴雨来临之前我们走过的那一段青石板小路
缤纷满地，我们脚下通向没有尽头的远方
露水清凉的气息整夜整夜地肆虐生长
这是我为数不多的短暂而隐秘的欢欣时刻
有时梦中那些沉入水底的鱼儿突然
变成一个个跳跃的动词，浮在你的嘴角
我喜欢这欲言又止的时辰，一切缄默不语
我曾想过中断热爱，今生就此别过
也想过悄悄掩上梦的门扉，将你幽禁在此
使你免于任何爱情诱饵的通缉
但我羞于向你开口，羞于说爱
我没有说出的还有更多——
我有夜夜不眠的思念

## 月光依旧恩慈

掰着指头度日，一天，两天，三天……
而你的影子依旧挥之不去——

往事坚固，回忆是脆弱的
一个总是被月光无端刺伤的人
该怎样安度她的下半生？
无需任何提醒，我一再地忆起
那晚的月光，丝绸一样柔软
月亮在树梢上静静地看着我们
你静静地躺在我身旁
像一条大河，缓缓地流过黑夜
流过时间，流过我稚拙的生命
你的眼睛是水中升腾起的暖光
你的嘴唇是海岸线上柔软的细沙
你的呼吸仿佛大地轻轻的起伏
月光依旧恩慈，河水还在流着
而我们的爱情，长久地沉积于河底


## 刀刃上的时光

时间的刀刃划破生活的脸
我所拥有的春光已所剩无几——
该怎样证明曾经活过的
那些真实的日子？
有人在刀尖上咆哮
有人在刀尖上打坐
还有人纵身投入世俗的热锅里
将自己煮成一汪沸水

我不愿在庸常的人世间活成一个标本
即使我常常怀疑内心里涌动的波澜
是否真正存在过

但有人总能将我从茫茫众生中一眼认出
那个朝着无尽的夜色
一直往前走的女子就是我——
她永远背离灯火
比起城市中的霓虹
她更喜欢旷野里的风
她清澈，不擅长告别
她总是在分别时悄悄转身
并忍不住热泪盈眶


## 她和他

她坐在落地窗前读卡佛的诗
爬山虎顺着墙头探过碧绿的枝叶
一小块阴影落在她的手背上
卡佛写给他第二任妻子苔丝的诗句
击中了她——
伟大的诗人从不吝惜说爱
她有些隐隐地羡慕那个女人


隔壁房间里传来低沉的民谣声
她知道他的心情不错
一整个下午，他们分别
沉浸在各自的世界里
桌子上那杯温热的普洱茶
是他泡好送过来的
楼下那条缓缓踱步的黄狗
是他养大的
腿上摊开的这本《我们所有人》

是他最近翻阅过并做了标记的

今天她所有的喜悦
都来自于他
还有一点点伤感
来自她自己


## 我坚硬的壳里包裹着柔软

那只悲伤的刺猬，是我
那株沉默的仙人掌，是我
我以利刺，赞美这虚无的生活
无人靠近，我便孤芳自赏

那只有着柔软嘴唇的刺猬，是我
那株有着湿润根须的仙人掌，是我
我的敌人是我自己，我的背
刺痛的是我的心
我坚硬的壳里面包裹着柔软


## 那些令我恐慌的

从来没有感到如此压抑与恐慌
在医院，我的内心是时刻都被提起来的
我的每一滴血液都是沸腾的
每一颗细胞都是拒绝呼吸的
每一个毛孔都因紧张而瑟瑟发抖
而我见到的人，穿白衣服的

大多面无表情。穿赤橙黄绿青蓝紫灰衣服的
大多面如死灰，眉头紧锁

那些空气里四处飞扬的
消毒水气味，令我恐慌
那些自由行走的床铺，床铺上
雪白的被子以及被子下面
静静躺着的肉体，令我恐慌
那些随意穿梭如幽灵般的医生和护士
以及他们手中拿着的诊断书
和医疗器械，令我恐慌
那些写着"重症病房，不得入内"的
房间门口，那些庞大得能把人吞进去
再吐出来的高科技设备，令我恐慌
那些任何人皆可入内的住院房
拥挤的电梯、迷宫般的楼道，令我恐慌
那些夜间不关闭的房门，巨人般
悬挂在两个病床之间的帘子
以及半夜时分，护士进来查房
没有声响的脚步，令我恐慌
那张让我在晚上勉强躺下而
不能翻身的窄窄的折叠椅，令我恐慌
旁边病床上躺着的，因疼痛
久久不能入睡的母亲，令我恐慌

在医院，我多么想跟一个人聊聊
我的恐惧，我的脆弱，我的不安
我是多么想离开这里——
但我不能说，跟谁都不能
——这心底的秘密

常常令我在半夜惊慌地醒来


## 预 言

我知道，已经发生的一切
都是如今我悲伤的源头
那铁锈般的往事，在我额头
早已印上一道斑驳的痕迹
我知道，将来我还会
继续悲伤——这绝非意外
一个人没有理由抗拒
属于他一生的劫难
这世上，还有什么事比预知
自己的命运更令人绝望——
但我必须接受即将到来的
残酷的后半生，我将忍受
和顺从它，并迟早被它抛弃


## 我欢快地哼起了歌儿

她们都熟了，像一粒粒
饱满的浆果，颤颤地摇晃在枝头
而我，还没有长大
刚刚从深草中露出蘑菇的头
我看见的天空蓝得没有杂质
六月就要到了
我也穿起了翠绿的连衣裙
裸着一双光洁的腿

微微鼓胀的乳房，被她们取笑

但心里藏着喜悦
去见一个人的路上
空气是甜的，让人发晕
他的样子，早已刻在我的眼睛里
我就要长大了，真好
路旁的枝叶沙沙地摇晃起身子
我欢快地哼起了歌儿
仿佛是一枚羞涩的果子
刚刚露出了它的鲜艳和清香


## 幽居志

离群索居，闭门谢客——
我以篱笆作门，青藤为窗
管它黄鼠狼还是狐狸精
一律遥遥相望
闭门种花种草
春种蔷薇夏栽荷
秋赏野菊冬踏雪
一方小院，四季都有鸟鸣
风吹过来就让它吹
雨落下来就任凭它落
世间好山好水千千万
我有两耳，不闻那山外事
我有一心，只读这圣贤书
我还有那小野兔、长尾雀、小白羊
圆溜溜的滚了一地的紫葡萄

## 择一方水土，就地修禅

一匹白马穿过黄昏，我面山而居
拨开尘埃，流水醒来
远古的清风，拂去人间的烟火
我愿做一个大山的子民，修禅在此
如果可能，在南坡搭一间草庐
偶尔小住上几天
借溪涧清泉洗洗眉宇，润润心
淘洗一遍自己。借一道松风
略展歌喉。或者
借一朵白云，练练禅定
拈一片柳叶，吹一曲动人的歌谣
当作佛音
持一把山锄，种入温暖的阳光
当作布道
头枕蓝天，身依百花，月下静思
当作必修课
将浅草的身影度为曼妙的舞姿
将褶皱的土地度为闪亮的星河
将飘飞的柳絮度为梦中的白云
将轻轻浅浅的幸福，一一安放
每个素雅的日子静静流转
我们就是山乡住持，就是自己的佛

## 看看你的山河

陌上刮起了风，你从南山的褶皱里冒冒失失赶来
尘土太厚的衣襟里盛开着一朵野菊花
你举起蓝天的镜子，照醒了沉睡的雷鸣
山水和晨曦拌在一起，一缕炊烟裸露在上空
来，看看你的云水河，时而烟波浩渺
时而雨雾迷蒙。抖一抖烟卷
把草长莺飞的内心清洗干净
看看你的田野，羸弱黑瘦中生长着
花生、大豆、高粱和玉米。你未发现
草茎深处一只蝴蝶正驰骋在你的脊背上
醉醺醺，似是喝高了般摇摇欲坠
看看你的牛羊，在坡地的尽头品嚼着
生硬的枯叶。你看了一会儿就垂下眼睑
插翅难逃的蚊虫跌进你深不见底的眼眸
多少年，像你这样的人
不闻不问这山山水水
把暗藏泥土深处大地的秘密
交付一个即兴潦草的转身
此刻一声惊雷，这山野斜斜颤抖
一只野兔打你身前匆匆而过
你突然惊醒，慌不择路

# 哑 石

## 唐 突

我们，在阳台上谈了许久，是不？
光线从午后暖到轻盈薄暮，我们谈了许久，是不？
这小区，穹顶之下蜷缩的万千事物之
一个，恍惚有血管组织的一个，挺立着，是不？

一些事，并非必要才存在。大小分殊、
瞬刹错身的事任谁都懂，我们说：聚首、才聚首……
你理解人们不去湖边散步的理由，是不？
折柳如同枭首，水珠攒头水珠。终究，镂空了唐突。

## 九 行

初春明黄的光线中，被剖开的人，
相当惊险地融于疏密物质。
物质，无论如何说，只是宇宙极少一部分。

新绽之梨花下，酒醒者素口锦心。
细察皱褶与纠缠，回旋潜伏，
暴政逼你云端撒手，意识削尖种种宣称。

必不可欺者，言及混沌、不开窍，
更惊险的星系，争辩于泡影。

柳丝其实有奔跑胫骨，偶尔过来吹拂我们。

## 插花艺术

那人在玩鸟的早市上遛狮子，
羽毛粘满脚后跟。

抱歉！连常识都找得出华丽理由反对的
世界，我写下一首谦逊之诗；

甚至，请笑眯眯看着我
水泡样挤碎逻辑又复原成理想国的样子。

当然不要冲着皇帝的爱妃笑！
雨过新痕，我们都懂得折磨的小分寸。

那山顶荆棘的火焰中，披着光袍演讲的人，
抱歉，我怀疑你如同怀疑自己。

对自己的孤立性不那么用心的人，
请比作水栅、眼里的鱼刺……

清晨的甜豆浆联络门框与老外，
蛇的口臭，埋得比不存在的闪烁深。

如果御风而行的人，也是青春的挑粪汉呢？
不！要爱民主、自由，爱缓慢的春笋。

## 小观察

疯子惯于在烈日的巨石上
摔打骆驼火绒的舌头；
成功者，倾心卓越也爱丛生愚蠢。

清洗过的菠菜披一层亮绿，
喝下的雪水，胸腔里
不会停止回旋。写作从弯腰开始，
迟疑，意味着遭遇艰涩逻辑。

词语的谦逊解决不了问题，
反而暴露短处。
黑森林中巫师种的蘑菇是有毒的，
这事倒安全。语音这边，
伟大的事物，总是孤独的——

年轻时，我直接信服这判断，
如拥抱来自月亮的奥秘。
现在想想，推演世界之
黑暗比夜凉时加一件外套还容易，
如果，或许，窗外的草坡，
滚热小牛犊，期待鞭影的赞许。


## 无　端

午睡梦一词组："隐匿的琴键"。

醒来后，到郊区转了转，
望见零星小区，间植葱郁树木；
它们不是通常意义的琴键。
不知为何，总觉得自己也曾梦到
月光电梯里守更的词。真的，
从箕张渔网到荧惑守心之处，
水流，实乃一微米一微米除锈，
那个词，嗯，不像词，是"朱喉"。


## 记 梦

常常，人，不知道自己身体里
藏着多少奇异的事物。
藏着只是藏着，粗布无端暖和。

孤独这器物，似乎只在她角落。
昨晚，梦到耳内涌出拇指大小的石头，
掏不完，很舒服的感觉。
圆润，结实，骨感。有的是水晶，
有的像琥珀……两只耳朵，
两个硕大但我看不见的绽开着的石榴，
安静地，养育光线团成的事物。

转身便是树。捧它们落地刹那
清脆、喜悦的回响……
但梦是如此不确定的事物，
但梦，是如此确定而流波深远的事物。

## 偶 记

"月生初学扇，云细不成衣。"
柳枝下静坐的人，是想收集麒麟的蹄灰。
时光的颜色几近于澹澹水泊，
手眼不够，也就罢了，无需随枝分歧；
但你，真伸手扶住了烦恼的骨血，
波纹如裙裾，铁器上，一圈圈震颤、聚集。


## 对 弈

说出消沉的名字后，似乎不该立刻去爬山。

山腰，他感到松针攒射的晕眩，
胸中干涩的线团，蝌蚪般被风舞了起来。

墨渍弄脏的手，使劲往身后空虚处，藏一藏。

醒来时，一汪静电悬于肋骨胎记上。
羽毛早醒来！街巷暗捉荒凉，密造愤怒金刚。


## 乌有史

两个花袍身体，半熟身体，被清凉隔开，
如同真理，丈量着月亮的距离；
"他们刚刚学会了'凯特曼'一词。"

一辆运渣车，城乡接合部蜂鸣，它有
较大的概率，拐弯时侧翻、散架；
难看的内脏裸露出来，撒落一地，
腾腾沙土，挣直了道旁枯松粗嘎的喉咙。

最无声的事故，在缉毒便衣看来，
是古代的木桶，装满虚无又热又浓的精液，
在街巷里滚动，像圣山上滚动；
（只有爱，还在追杀"爱"的现代传人）

至于星空为何还是星空，可忽略不计，
但花开的因果律，不容忽视。

事物不完美，镜子竟有些疼痛。
这激烈的（也隐秘地）人对倍增的妄念，
以及宽恕！至于猫，立暗夜屋顶，
当看不清的事物总是如其所是，
它必将绿色瞳孔，缩成射线般针状星丛。

月亮绝非命运，绝非战争难民背包里
那个神秘计时器，嘀答、嘀答，
它，只是传说，但猫有九条命，却是——

石头、我们，仍会镜子前为瀑布梳妆，
"崇高的生活是否可能？"作为
字母 C 的喜剧演员，晨曦，不必独自发问。

# 亚 楠

## 鸟鸣涧

空幽的谷底，风声
忽左忽右
看起来像一群人在打摆子

他以叙述的方式
进入，春天如此短暂
宛如晨露

在鸟的叫声里休眠
也挺惬意——
这空旷的风轻拂他，思绪
沿着绿叶流淌

很明显，潺潺流水
像一个隐者
被晃动的时光握紧

这之后，他走出了山谷
在蛙鸣中

## 孤 旅

继续朝前走。迷雾中
的亮光牵引着他
回忆之手上扬，在开阔地
萦绕的梦境
雾不断壮大……雪鸡
也开始了
他迷恋的雪莲花

又一次被他的感觉惊醒
朝后退缩时
内心布满恐惧……也是一只
没有归宿感的鹰
曾经走过的那段旅程

等到浓雾消散之后
他振奋，仿佛充气的羊皮筏
被情绪激荡
他朝前走，一直朝前走
在茫茫雪原
毅然截断归路

## 远 方

秋草攒动的季节，鹰
回到了山谷

岩石峭立，一棵树在落叶中
完成他的嘱托
和预言……风在行走
凌厉如一把刀子

向外扩张
的情绪不断堆积。四顾
茫然若失的手
在风之外，只看见了
衰草和牛羊被
时间圈养

也被他的命。以及
我不曾看见的那一部分
都消逝在远方
行色匆匆啊！只为不曾有过的
缱绻，他交出自己
的一生

## 云水谣

雁过处，在风里游荡
的咔咔声。
一把长剪撕碎了，一个人的
梦。就像散落的花瓣

被风扬起，又坠落
在云的眠床。
不过你未能入眠，你的悲痛

在你心里

苦涩的滋味萦绕
汇聚成风雨。这激荡的轰鸣
声也来自你的内心
来自记忆，

和古老的回声——
你穿越苦难吧！穿越时间的
雷霆，在水中扬起
雄浑的交响。


## 火 鸟

它的黑是夜精灵
的黑。是火焰的底部刹那间
所呈现的静默。
它吞噬光，像火焰本身
聚集能量，又释放
成为灰烬。
其实，这并非什么秘密
也非火鸟
在巨大的天翼上
把时间凝聚成图腾。
虚空笼罩着
整个山谷都被魔笛掌控了
像一种幻觉。
火焰持续的心跳
若锻造者，密集的流星雨

迅疾射向黎明


## 晨 祷

我看不见自己。看不见
兽，和衰草
在内心多么凄凉
雁过处，风折断了翅膀下
唯一的念想

以及荒芜
都被情欲所珍藏
这肯定来自荒芜本身。它的
未绽放的蕾正在行走
如一匹马的行程

祈望被你验证。或者被
一种气流带往别处
种植还魂草吧
让天下亡灵都回归安宁


## 秋风高

北面台地上气流
垂直向上。昨天，螺旋状的
光束接近雪狐

清癯的丽影

或者，兽骨制成的箫若
人间冷暖被洞悉

更高处，孤雁
正寻找他的伴侣。穿过沼泽
和陈年病灶
涂抹的黄色木屋

躲过了雁叫声。之后
水面上异常冷
似乎冰点进入的动脉
已被魔术师察觉

这殉情者的乐园
可以栖息苍鹭，和金翅雀
隐秘的爱……还魂术
以奇诡自居

现在，天亮以前的风好像有
点异样。阔叶林
关闭了铁灰色轩窗


## 饮 酒

继续朝前走，渡鸦声
遮住了半壁江山
他鼓动着，内在的定力忽然
被迟暮追赶

鹿石仍立在那里
夕光垂落，他一直跟随着
忠实的牧羊犬

可以想象，猫头鹰
比我更胆怯。因为它只是
躲在树上静观
不做判断，也不作声
只是观望——

夜幕透着寒意
在另一端，花开的声音
比花期更短


## 鹧鸪天

请别离开我，寂静
只是一截腐朽的影子。春天
远在影子之外

穿越千山万水
孤舟，在鹧鸪幽暗的凝望中
扎紧篱笆。像另一只
鸟的尖叫声

控制了瞬间
可是，那些稀有植物
在天山腹地隐藏
潜伏越深，则愈通透——

事实上，在场者的灯芯草
裹住了黑色翅膀

还可以再次回望
用时间的伤口，像通灵者
丢弃的马蹄铁


# 浮 云

他用膨胀的荆棘驱离
羊群。静默中，
和静默本身一样
微微晃动一下。也用放大镜
驱赶翠鸟的翅膀
逃之夭夭。

远近皆因风势
不同而呈现山水画奥妙，
像隐约的叹息
在草地上。那些羊群，灰鹤
所拥有的部分
贴近他，并看见了
一道即将到来的影子

储在帷幔中。不声张
他微妙的眼神
只把多余部分逐一剔除

# 杨 键

## 命 运

人们已经不看月亮，
人们已经不爱劳动。
我不屈服于肉体，
我不屈服于死亡。

一个山水的教师，
一个伦理的教师，
一个宗教的导师，
我渴盼着你们的统治。

## 自我降生之时

自我降生之时，
参天大树即已伐倒，
自我降生之时，
一种丧失了祭祀的悲哀即已来到我们中间。
月亮没了，
星星早已散了，
自我降生之时，
我即写下离骚，
即已投河死去。

## 这 里

这里是郊外，
这里是破碎山河唯一的完整，
这里只有两件事物：
塔，落日，
我永远在透明中，
没有目标可以抵达，
没有一首歌儿应当唱完。

我几千里的心中，
没有一点波澜，
一点破碎，
几十只鸟振撼的空间啊，我哭了，
我的心里是世界永久的寂静，
透彻，一眼见底，
化为蜿蜒的群山，静水流深的长河。

## 长 夜

我们也不知道造了什么罪，
走到今天这个地步，
连自己的源头也不知道在哪里。
我们抛下圣人永恒的教育，我们崩溃了。
快要一百年过去了，
我们忘记了很多事情。
虽然受了很多苦，

但也没有起到什么作用，
就像泼在石头上的水，
连痕迹也无法找到。
那种不得安宁，没有归宿的
痛苦声音，在继续着。
难道就不会有这样一天，
受苦，又使我们回到大度和坦荡，
由悲伤到欢乐，
由衰老到新生。
一座座坟地，
就像父母一样盼着我们归来。
我们放下了自己，
就是放下了漫漫长夜。


## 一粒种子

香炉里只剩下灰了，
他们说，不要声张。


你沉入江底去救一个字，
至今没有回来。


为了真身你得赎身，
无论什么代价。


你奄奄一息，
有第一等襟怀。

## 一粒种子

一只羊快要石化了，
由温顺接近了温润，
在群山怀里。

石凳空空，
没有人，
有那月色最好。


## 坟

一只缸里，
落着雨，
很快就满了，
如同深潭。

另一只缸，
在那腐烂的咸菜里，
翻腾着蛆虫。

许多年以后，
在第一口缸里，
走出一位诗人。

在第二口缸里，
走出一位出家人。

两个人，
忽然间有罪了。

你来了，
中断了
我们与云水的亲情。


## 看一张 1983 年的同学照

这是一张 1983 年的同学照，
男同学大都留着小平头，
或笑着，或很严肃，
女同学扎着辫子或留着齐耳发，
所有的人都在那贫穷的黑白里，
在那种特别的寒酸和苍白里，
虽说是一张毕业的同学照，
却像是在劳改营里。


## 你的房间

几十个犯人在你的房间里躺下，
如同铜镜挨着铜镜，
如同石像挨着石像，
如同瓷器挨着瓷器，
如同墨水挨着墨水，
如同种子挨着种子。

在半夜，
一阵异香将我惊醒，
原来是地上出现了许多梅花，
香味持续了很久，
再次睁开眼睛的时候，
原来梅花不是梅花，而是身边同伴的枯骨架。


## 长江水

汉字我一个也没有救活，
它们空荡荡，
空荡荡浩浩荡荡。

我写下的汉字全是遗物，
如同枯干的老人斑，
如同身首异处的人犯。

我是自己的遗物，
如一粒扣子，
是一件军大衣的遗物。

我告别，
以一双盲人眼，
看着残缺不全的长江水。


## 长江水

长江干了，

如艾草。

艾草里有一个疯狂的屈原，
我的生命，

不能成为屈原，
就成为艾草。

一朵云压在了一条小船上，
舱内的知了壳，依旧忠实于地底。

江水的贫穷接近于无穷无尽的奢华，
小船疾速地划动想把自己拴在细瘦的芦苇秆上。

裸露的根，滚烫滚烫，
别忘了，死是我们这里真正的压舱物。


## 青 莲

今天的雨落在宋代的一尊木佛上
是活着但已经是荒草，是人但已经没有人的高度
排着队的犯人如一支箭射中谁谁就是一条长河
我的坟在那颠倒的黑白里如同在五百罗汉堂
乡贤毁了连最核心的等级也没了，离善太远，离本性那就更远
你是所有力量中最大的力量连神力也只好暂时隐匿因此许多
名字在墓碑上出现
审判你如同审判宣纸什么样的白茫茫都在你的白茫茫里消失
你是雪因此你得成为犯人
你的坟高过了夜空

文字在火里保存死写就了我们

一棵松树的空白在哪里

一个乡间的老妇之美原是山河之美

秋天越浓蟋蟀的声音越好听如同家人的陪伴

你若想美你就得无用

松静之力是伟大之力

你得回归空才能有真的治理

种子都送到了劳改农场你不在仁爱里你就是自暴自弃

你有排比的激情而无婉转的智慧

人依靠什么样的尺度才能称为人

火还在其实已经熄灭

一口碗的平实还有吗

种子与泥土相隔万里

在那大逆转里弹性岂能失去

有人变成了梅花的香味翻山越岭朝四周的村庄散发

长久的黑暗使你有另外一双眼睛

你终将会变成琥珀因为字会变成灰烬

群山的色泽同囚衣一样古老

一切你所害怕的都在回归到树心里

你永不归来也永在归来

铁锅里的饭只差最后一根柴火

你是夸父吗你是神农氏吗你是山海经吗

阎王在镜子里照梅花

小时候的凉床真的是太古之凉

妈妈是天青色的，在一张古画里，给我摇着扇子

说谎的人是我们的主人公

烟值得千年感叹

# 叶 舟

## 河西走廊座右铭

不是沙暴　是居延海的鲸鱼　带着广阔的屋宇
不是岁月和速度　是祁连山的思想　庄重如佛
不是凤凰　当生命来到中途　天马改写了道路


## 阳关三叠

牛贴膘　羊正肥　桃花春汛中的
鱼儿最美　使君　为何停箸不食
路途还长　阳关之外再无青韭和葱白

酒已酿　茶新焙　鹰笛阵阵
英雄和小丑共醉　使君　这广大的
人间　慢慢凉却　且痛饮一杯

刀将破　箭堪折　唯有这一身
骨骼踏遍山河　使君　来世少年的
时节　再作相见的盘算　就此别过


## 贩马者传

卖马的人来自凉州　卖马的人

并没有骑马　他是画工
在相当长的时间内　一个
无马可骑的人　遍地吆喝
却又自称来自凉州　唐突至此
这个卖马的人　也就成了一匹马
只不过他疯了　还是画工

秋天了　老鹰去烤火　蝴蝶
在告辞　卖马的人开始马瘦毛长
打算过冬　凉州城里并无消息
凉州城内风吹草低　铸剑为犁
那一年　卖马的人行走河西
一路上乌烟瘴气　无人识荆
无马可骑的人　或许是我的父亲


## 乌鞘岭

抵达山顶时　方知机密不再　诸如
宝剑如何出鞘　迎向西域　吞吐内心

地图知道　有一种哽咽　一枚鱼刺
一根颤栗的脊椎骨　贯穿大地

左边是黄河　右边是猩红色的罂粟地
无人闯关　因为老鹰又一次铩羽而去

坡顶上一览无余　翻遍了整个天空
也不曾发现字迹　语录　甚至一行偈语

在部落的一隅　小人吃肉　英雄烫酒
有关爱情和匈奴　一般会闪烁其词

六月天　大雪纷飞　羊群与帐篷下山
守住佛龛　炉火　躲避锋芒和黑暗

有一亩青稞将被冻伤　一盏灯
将被连夜送给乌云　交换和平的银币

那一年　奶奶驾崩　少年的父亲
抵达了山顶　身披缟素　投进了河西


## 八声甘州

在祁连山顶伐冰　麦草裹覆
而后运进甘州
分发百姓　炎夏来临
养一池清水和金鱼　并用
芦苇装饰　供养于
沙漠和戈壁之际
那一刻　喇嘛吹奏　酣睡的
卧佛翻身而起
三公主来自长安　一身锦绣
意欲西行　匈奴的使者
正在晾晒脊背　打算黄夜而去
捎一封和平的书信
在甘州　藏红花流行
有人在蘸写经书　更多的人
开炉炼丹　服下蟾蜍之卵

却没有人去往郊外　打探
壁画和雨云的消息
某一年　儒学大炽　在平仄
和韵尾之间　奶奶学会了裹脚
后生们扪心自问　筑起了
三纲五常的塔基　一块冰
悄然融化　仿佛游移的湖泊
秘密媾和于绿洲　令马匹
和羊群安心　农历七月
红柳开始煽风点火　而遍地的
沙棘们倚马可待　迎候着
敦煌的神祇　前来筑坛说法
醍醐灌顶　八声甘州　舌头下
压着一块蜂蜜　与凉州相望
仿佛一介武士　于苍茫暮色中
忽然热泪奔涌　泣不成声


## 问 天

太阳　请你从高高的天上下来
回到我们中间　请你下来
照见脚　泪水　青稞和暴雪

月亮　请你从远远的山上下来
钻进帐篷里面　请你用水
让灯笼　嘴唇　佛经慢慢醒来

爱情　也请你从虚空里下来
站在我的肩上　请你蹲下

把心　菩萨　悲伤　一起供养


## 卷轴：雪

雪是蓝的　雪下到最深处
有一种幽蓝的嗓音　像一个人
起身　喊醒菩萨和石窟
开始点火　御寒　秘密过冬

或者不　那一刻　我捧起
雪花　去给经书和油灯沐浴
而后用罡风　一页页晾干


## 卷轴：月亮

这个孤独的人　停在
敦煌　若有所思

这只盛开的羊　卧在
天上　像一块白银

这卷打开的经书　铺在
头顶　云雨将临

这位远来的菩萨　站在
世上　一直笑而不语

## 卷轴：沙

在沙漠上
种下沙子　递给
一盏灯
让它去找水
顺便　把人世上的荒凉
挨个儿
照亮

在宽大的人世上
觅见那一枚　永不
发芽的沙子
佛窟为证　义结兄弟
让它疼在心上
如果敦煌大雪纷飞　我亦
电闪雷鸣


## 卷轴：深秋

这一季　我们站在岸边　看见
河流　慢慢冻住　像一个人
到了暮年　开始空旷和回忆

那些白杨　高大　明亮　遍体黄金
像佛陀　更像远路上的马车夫
眼含热泪　靠住荒凉的天空

往往这样　等我们安顿好雪山
戈壁　流沙和汉简　生一堆火
烧烤土豆和清贫　方能忍下今生


## 卷轴：帐篷

上午时　我跟羊群挤进
敦煌　捡拾露水和贝叶　看见
法台温热　佛刚刚出门接诊

中午时　鹰隼落地　告诉
我一个消息　有关石窟里
飞天娘娘的裙裾　缝补完毕

傍晚时　我被莲花绊倒
发现河流的两岸　菩萨们
正在施洗　带着月亮与麋鹿

整整一天　几乎忘了
天空这一座帐篷　抬头时
看见落日沸腾　像我的一段少年


## 卷轴：秋草

秋草是上一世的流寇　席卷
而来　带着普天下的黄金
枯坐大地　施舍穷人和敦煌

不错　佛要金装　一些牛羊
一些马　咀嚼不止　而心灵的
拌料　一般由痛苦来构成


## 卷轴：鹰

这个看门人　甲胄在身　独步
天庭　谁都知道　在云层的上方
安放着佛龛　经书　菩萨和爱

谁都知道　这是普天下的财产
人手一份　不会取之不尽
在敦煌以远　藏着最后一把钥匙

或者　我就是钥匙上的锯齿
一些悲伤　一些痛楚　上下
嶙峋　带着日光的一捆捆　荆棘


## 卷轴：黄昏

而黄昏　是一种崎岖的
说法　因为更多的羊只
和灯盏　走入了敦煌　成为
流沙坠简　打坐世间
这一刻　夜宴已毕　菩萨
与佛陀　走上了壁画
秋天在逡巡　黄昏时

那些寂灭的鸣禽　秋草
画工　释子　如果不是
恩情的儿女　便是失而复得的
舍利　卷起天边的夕光
带进石窟　开始今生的勾画

# 于 坚

## 猎 人
### ——致美国诗人罗恩·帕特

罗恩·帕特闯入这片森林四十年了
从前印第安人在此打猎　黑熊和麋鹿们
在天空下大摇大摆的年代已成传说　白人
也死了　他的猎枪在阁楼的底层生锈
向前辈致敬　年轻时　准备了这个老家伙
从未使过　猎物是流星　溪涧　秋天的
树叶以及　黑夜底下某物来访的踌躇之声
一个新传统　写到一半时　捏着钢笔　赤脚
开门　走到林边　他的加入令山冈中的幽灵
紧张　它们驱赶他　以寒冷　以寂静　以更深的
黑暗　令他老去　老去　再老去　仅保存了
月光　白发　一截松枝　片语

## 致胡安·鲁尔福

我要找的就是此地　这被椰子树影子分开的镇子
这旧单车　这些玩命的穷孩子　这金子阳光
这奶罐　这风铃　这织布机和水井里的星相
是的　有生活之恶　有匪徒扬起的灰声
有个女子抱着水罐趴在阳台上睡觉
旧犁头靠着墙角根　老玉米在晚风里等着干透

303

中央高原上　铃兰花开着　土豆已经装筐
美总是扔在没落的家乡　这必然要失恋的正午
披亚麻毯的农夫走出甘蔗地　去河边　再去雨林
也许厨房里有一罐盐　一点胡椒　一张床
也许午夜会有蓝色的曼陀罗　黎明会有黑暗的葡萄酒
哦　胡安·鲁尔福　你的光　你的忧郁
你的诚实和朴素　你春天里的苏珊娜
而你长眠在这一切之下　令过客永远黯然


## 在一架飞机里读毕肖普

二十五岁那年我读毕肖普的诗
她很年轻　刚刚被翻译　举着灯
那时我坐在教室里　窗外开着海棠
老教授正在前来授课的途中
有一棵肥胖的橡树中风了　歪头朝着南方
不明白她要说什么　是不是被译错
为什么接下来　是这一行"你能嗅到它
正在变成煤气……"暗自思忖
四十岁时我读毕肖普　在一架飞机中
另一个人翻译的　译笔就像一位婚后的
中年女士　日渐干涸的沼泽　矜持的抽象
她再也不用那些因性别模糊而尖叫　潮湿
战栗　捂住了眼睛的单词　译得相当卫生
卫生被理解为士兵们折叠起来的床单而不是
亚麻色头发上的束带散开后　迅速翻滚的黑暗之海
这本书已经被岩石编目　硬得就像奶酪或者糖
与我邻座的是两位要去波士顿旅行的老夫妻
他们慈祥并喜欢微笑　帮我扯出安全带

在一旁瞧我怎么看书　盯着我那些猩猩般的指头
翻到这页　又返回前一页　等着我勾出：
"需要记住的九句话"我将第 68 页那只矶鹞折了
两遍　自以为就此折起了大海的翅膀　只得到
一条浅浅的波浪　老头甚至劳手
帮我按了一下看书灯的按钮


## 巴黎，在库赞街

我害怕这些街道　幽灵们还在呼吸
在那些嵌着眼睛的石头砖里
暗藏着发黑的肺　只是离开人群
一会儿　蹲在台阶上吸烟
就是那人　他没看我　捧着一只手机
谁的短信　令他那样深地低着头
我聋着　因此听见死者在低语
意义难辨　令我不敢快走　塞纳河的光
为黄昏安装着小玻璃　也许下一次转弯
那些句子　会再次　不言自明　我询问道路
向这个妇人　求那位男士　站在教堂前
截住刚刚出来的黑人　他顺势比画起另一种
十字　手臂笔直　接着弯曲　最后垂下来　向
左　转右　再回到左"弗弟　我没有多少钱
所以可以给你"魏尔伦去克吕尼（Cluny）旅馆
找兰波　就是走的这个方向　崴了脚　被库赞街
凸凸凹凹的石块　颠簸得像是一条醉舟　看在眼里
有人写诗一首　有人思忖着在上床之前　要更加小心
坏小子的肘下夹着一根刚出炉的长棍面包　那么黄
就像是取自街道两旁　时间无法吃掉的岩石

305

被落日的余炭　　烤得有点煳　　在未被咬过的那头


## 弗兰茨·卡夫卡

此人患了"写作这种病"
布拉格市　　策尔特纳胡同
他自称是世界上最深的房间
适合于自由撰稿
左边这道门　　通往父母的婚床
噪音　　与生殖有关
右边这道门　　是客厅　　话题只涉及商务
亲人们对天才熟视无睹　　除非死掉
否则　　人所遭遇的一切　　他也应当遭遇
小市民　　肺病患者　　保险公司的职员　　甲虫
大师在世　　持有的是这些身份
老儿子　　在街头闲逛时常常被父亲喝住
"弗兰茨　　回家　　天气潮湿！"
"他身上没有什么引人注目的东西
他默默地亲切地微笑"（同学　　瓦根巴赫）
二十世纪的变形记　　包括这些细节
多年来一直在谈恋爱　　手持玫瑰的老骑士
先后三次订婚　　准备当丈夫和父亲　　未能得逞
白天在公司里上班　　写工伤事故调查报告
视办公室为地狱　　却由于在地狱中
很多年表现不凡　　频频得到提升
写作是他的私活　　毛病　　与薪水无干
就像胸痛和咯血　　手术或服药才能缓解
因此想把手稿烧掉　　"彻底切除"
一个骇人听闻的念头　　如果此人得以下手

受难的不止是德语　也是象形文　拉丁文　英文
四十一岁时死于肺病　一九二四年六月三日
"他是那么孤独，完全孤独一人。
而我们无事可做，坐在这里，
我们把他一个人留在那儿，黑咕隆咚的；
一个人，也没有盖被子"（女友　多拉·热阿蔓特）
他身上没有什么引人注目的东西
他默默地亲切地微笑


## 罗兰·巴特之死

1980 年 2 月 25 日
罗兰·巴特离开一场宴会　下了楼梯
迈着天生狮步　走回法兰西学院　他的
语言学荒野　他的符号学夜总会　无人上课
的教室　幽灵们摸黑记着笔记　途中　《偶遇
琐事》教授在斑马线被一辆送货卡车撞倒
"人类最古老的消遣"哦　袭击思想的狮子
多么容易　它仅仅沉浸于自己的步态　长着
只能嚼碎隐喻的牙齿　从不躲闪来自修辞的
暗杀　车祸现场就像一首俳句　肇事者猛踩
刹车　语词的洪流戛然而止　大理石舌头
喷出来　这种火焰只能烫伤墓志铭　不会伤及
稿纸　那时　花神咖啡馆　有杯红酒被白袖子
绊倒"炉子上正炖着什么　厨房很窄小
必须不时起身开锅"（[法] 埃里克·马尔蒂）
那时　他母亲在天上等他　有只疯鸽子第一次
听见教堂钟声　有条裂缝长出刺　野叉叉地
将先贤寺橡木座位上一袭过期长袍　剐破了

307

"一切阐释都是无意义的""好像活着已经
令他厌倦"120 未发现伤员有任何证件
为永恒评定职称的元老院乘机将徽章别入大海
安静的胸脯　　直到米歇尔·福柯赶来确认
这场风波　　属于《零度写作》　抽象的字母被
指认为一具身体　　将那只苍老的左手放进白被单
担架抬走了头破血流　　没有妈妈的男子"主体
被悬吊在与异体的映照中"人们没抢救那本
精装的《文本之愉悦》第 6 版　　出事前作家
夹在腋下　　倒地后甩手飞出　　在巴黎低沉的天空里
扇了一阵翅膀　　落在斑马线的第十三道
烫金小门合起来　　轻得就像男朋友间的《恋人
絮语》几乎听不见　　与大师的声誉不符


## 巴黎·在雨果故居

米黄色的孚日广场　　一套老式的餐具　　沉浸在
十九世纪的沼泽中　　哦　　不朽的年代
天才们施工的教堂　　巨大的阴影随着时间延伸
把脆弱的旧美学　　在革命的牙齿下　　完整地庇护
与雨果当年　　所见者相似
有雾的秋天　　像幽灵们的颜料　　散布在潮湿的梧桐树中
晦暗不明的窗子　　像是一个个冻结的阴谋
这么长的岁月　　可以肯定　　每一个房间
都住过风流情种　　浪荡酒徒　　策划过对皇帝的背叛

巴尔扎克或者别的什么人　　在露天的柱廊下
用长手指把咖啡搅动　　嚼着油炸的土豆片和烤面包
被钻进牙心的苹果酱　　弄得久久地痛苦　　一排小牙签

像白日的萤火虫　照亮着　巴黎下午　松弛的硬腭
我相信　再过一会儿　高老头
马上就会从一个漆黑的门洞里出来　借给我一百法郎

张望中　忽然发现　其中一道门　就是雨果的故居
脚步有些迟疑　不知道这地方　该不该来
在巴黎　不能不想起雨果
永远难忘十九岁　青年铆工　缩在车间的工具箱后面
阴暗角落　读《九三年》
灵魂堕落的无产者　再也听不见　时代的高音喇叭
禁书　翻散了页　三天必须读完　后面还有同志要看
鬼迷心窍　陷入旺岱式的骚乱中　后生崇拜的不是作家雨果
而是教士西穆尔登　"他憎恨扯谎　憎恨专制体制
他憎恨现在　他高声叫唤将来……"

哦　法兰西和雨果　一度是有抱负的年轻人
镇压平庸　向高雅谈吐和叛逆的勇气　靠拢的　介词
而现在　维克多·雨果　另一类风格的作者　寓居巴黎
他的诗　我读过
当年瘦精干巴的读者　多少有些发福
在昏暗的楼梯上　喘着气绊了一跤　被松动的钉子　划破了
　裤脚
是来向一位法语诗人　致敬　还是想窥见
浪漫主义的另一张脸　是如何在镜子中　顾影自怜?
想象中　这儿　应该是悲惨世界的一幕　却发现
一位多才多艺的老贵族　和他的手稿　孤独地陈列在
二楼　一群黑色的椅子中间

光泽精致　气氛高雅　旧家当价值连城　但无疑
这一切　精心设计的　不是凶年的道具　而是伯爵

日常生活之场景　像街坊一样　庸俗　爱慕虚荣　追求享受
上帝的宠儿　天才要有　权力要有　声色犬马要有　千秋名
要有　文是否如其人　这很难讲　打造永恒的智慧
一向不选择摇篮　不选择　工作场地　大师
可以发迹于钟鸣鼎食之家　也可以屈尊在　小珂赛特家　对门
但要有三位老师　一个母亲　一个教士　一个花园

想象得到　这个有闲人在写作之余　是如何　日复一日
挪动家具　调整窗帘　更换什物　才在世界和他的卧室之间
获得一种私人的　距离　孚日广场6号
既是一个大逆不道的诗人　遣词造句　超凡脱俗的　作坊
也是巴黎的二流政客　推心置腹　营私舞弊的　密室
猩红色的客厅里　似乎能听见议员雨果　在屏风后面
穿着丝绒拖鞋　端着一只水晶酒杯　转过狮子般的头来
用鹅的声音问道："最近　有什么消息？"

我试着　在他的写字台前坐坐　也许　会捕获另一头犀牛
但不能　那椅子的曲线　仅仅能令一个人的身材　得体
别人　要么是吊着两条短腿　要么是硌着骨刺
魂不守舍　只能做作
我走近他的窗户　想看看那是怎样的风云在变幻
没有风　只有一些秋天的云　老样子　仿佛布满灰尘　一动不动
下面　像一部新小说记录的景物　从上往下　依次是
树梢　屋顶　砖墙　窗户　街道　光线不好　没有看清颜色

# 余笑忠

## 礼 物

在博物馆待久了，目光会不会变得
像展柜里永远平静的灯光
无论面对的是凶器，还是乐器
是干尸，还是绫罗绸缎

老年的酒量只会越来越小
以至于无
老年的手越来越冰凉了
以至于能从掌中的卵石里
辨认出血脉

## 祝 福

透过玻璃窗，看到一只蜜蜂停在阳台的边沿
那一小块水泥地面，在它看来
与一块石头、一株草或一截树枝别无二致
冬天的阳光照耀着我和它
它的两只后腿相互搓着
太细小了，相互搓着的那两只腿
像借助彼此忍住一阵战栗，又一阵战栗
它的尾翼微微伸展
它的背部随之蠕动

它开始抬起身体
似乎从相互搓着的那两只后腿那里
它终于确信力量倍增
它的身体挺立，我在心里说了一声：飞吧
它往高处飞去
好像也借助了我的，我自己不能用到的力气


## 父亲节

打开一本诗集，信手翻到的一页
标题竟然是：《我父亲的忌日》

旋即联想到那个日子
我父亲的忌日。慢慢地
读完这首诗
这是我从前有意跳过的一首诗
因为父亲健在时，我不会读它
诗人写到将回到家中
唯有躺下才能让自己平静

我并不认同这个舶来的节日
只是因为时间巧合，借它作为标题
我父亲死于一次意外
他的坟前还没有立起墓碑
唯有一座恰当的墓碑，才能
让我们平静

## 蛙 鸣

一年中，我会清楚地记得

何时听到第一声蛙鸣

去年，我回故乡为父亲扫墓

今年，回故乡为父亲扫墓之后

又在山城一家旅店的九楼

风雨之夜，隐约听闻

推窗而望，空荡的轻轨

有着洗心革面的反光

年轻的时候，也是在旅途中

听到过蛙鸣，因此记住了那里

一棵古老的桂树，那是在车溪

一棵系满红绸布条的桂树，因其高龄

而被寄予太多的祈愿

奇怪的是，我想不起来

每一年最后一次听到蛙鸣是在何时

也许，不同于听到白鹤高鸣

蛙鸣，终究让人觉得

世界在它身上变得越发苍老

无论是匆忙的变形，还是两栖之身


## 清 溪

清水养石头

大大小小，形色各异

那么多。仿佛待你认领
而你闭着眼睛，从水中
随意摸一颗

你可以把它带回家
但没法养它
你的舌头可以亲吻它
但不能学会它的语言

唯有清水养石头
不必叫它王维、孟浩然
也不叫它弘一、齐白石
你读的是《红楼梦》
我读的是《石头记》
因为清流与波纹
石头和石头，仿佛日夜长谈


## 自韶关至南雄途中遇雨

雨中疾驰。我从武汉出门时一头大雨
在粤北的大日头下脱了外套，上车
浅睡中又被雨声唤醒
远山空濛，草木新秀
四野仿佛透着凉意。其实闷热

从车上看去，左右迥然有别
北方浓雾低垂，像书中乏味的章节
南方天幕大开，天空的底色是湛蓝的
浮云如片羽，如刚滴入清水中的

一点墨色
墨色化为丝丝缕缕，清水还是清水

湛蓝的远空，那里的大光明有如神恩
此时，作为一个旁观者也是幸运的
只要稍稍抬起头来
世界依然可以相信
像此地，为我们保留的古音


## 乌迳新田村古井

我看到榕树了，凭它的千年树龄
我不可在树下高谈阔论

我看到残垣断壁，那些好看的木雕还在
像泥泞中闪光的纽扣
有人蹲下身去，恨不得撬起石板路上
两块宝贝石头

村中阿婆让我们歇脚小坐
我注意到墙壁上有一小黑板
粉笔写下了一个人的手机号
和对应的名字：李诗婷
这名字让我眼前一亮，好像我们误入
某个电影明星的旧居
而所有的乡村女孩，都乐于
叫这个名字

我看到村中那口古井了，而所有的深井

都像古井
我看到它内壁的青苔
和它举到井口的蕨草，那蕨草
有别于地上满眼的杂草，有别于千花百卉
我还能说什么呢
让千山万水低头的，唯井水而已


## 岳阳南湖夜游

南湖之名何其多也
此南湖非彼南湖
此船非彼船。乘兴夜游者
则无分彼此

远处的佛塔高擎荧光
但见瘦身的飞檐、尖顶
湖滨，通体透明的九孔桥
让秋水有一个温暖的去处

农历九月十六，月亮是圆的
但穿行于层层云雾之间
像后人眼中，难免
打了折扣的圣贤

但一切像月亮的倒影
退隐于高楼后的远山
白日所见那一片茫茫芦苇
以及秋风中的众人

船舷上，几处蛛网完好无损
我都不忍对它哈气
这一刻，我想不能再称它为
蜘蛛的口水

游船离九孔桥越来越远
但看不出，与佛塔
是远了还是近了
也许，它始终不远不近


## "一个男人在树下睡觉……"

"一个男人在树下睡觉。一只核桃落在他头上
他说：幸亏落在我头上的不是南瓜，要不然
我死定了。"
我跟着影片中的阿富汗小男孩念，念

佛在耻辱中倒塌。落在佛像身上的
不是南瓜、核桃，是佛未曾见识之物
在处处抱持同归于尽的快意，重磅炸弹
给千年佛像致命一击

欢呼声来自据守废墟和洞窟的那些男孩
他们玩战争游戏，先是扮演塔利班
后来扮演反恐的美国大兵
他们以象征手法变换手中的利器

核桃会不会摇身一变
南瓜会不会摇身一变

317

佛像沦为瓦砾，瓦砾沦为
孩子们俯拾即是的子弹

寄身于高楼之间，这里没有人在树下睡觉
没有人像释迦牟尼，在树下长久地冥想
一只蝴蝶从窗前飞过，高过树杪
高过我们灰色的楼群……它高飞是为了什么

一只蝴蝶之后，是蜜蜂
是若有若无的雨丝……我乐于在窗前
向你复述偶然所见：半空中的小斑点
一如你身上的小斑点

而忘却
南瓜与核桃之比较
枪炮与针眼之比较
他人的不幸与你我之比较


## 依病中的经验

所幸你的病不是孤例
你可以称某些人为病友

所幸这友情并非患难之交
因而对真正的患难之交满怀敬意

所幸虚弱只是暂时的
但仍需借助信念

所幸因此站在弱者一边
但将白雪覆盖的青铜雕像排除在外

所幸回想起一首儿歌
不幸的是，教会你这首歌的人已远离尘世

他曾遭受的病痛远比你深重
报以微笑吧，所幸，这胜过一切花言巧语

# 余 真

## 相 等

在所有的日子里，我们做过多少相同的事
是否一样在周六，晾过一条鹅黄长裙
是否在同一个夜晚，为最爱的人抹亮星星
你收拾我的衣柜，把我的光阴码得整整齐齐
我矮小，并未忘记在雨中为你撑伞
我们既然在白云下大笑，就应该在灰蒙蒙中
一同守着天空的哭泣
你是那唯一的，亲近我的缺陷的男人
总能把脆弱的，暴躁的我轻轻抱入
你的平静。在那平静中
我才能找到波光粼粼的海洋，熠熠生辉的草原

## 物哀之二

我要如何保持自己的初衷？像所有不留遗憾逝去的枯叶
像所有沉沦的泥垢。我多害怕，我将丧失的美丽
当你重逢我时，再也找不到赞美枯槁的词汇
我多么恐惧，当你们已准备好真理
而我无法表演我的信服。很多年里，
我们锱铢必较，把得失放在同一平面上
你问我，如若没有金黄的凋敝，这些树
如何孕育出果实。是的。我看着它们落叶归根，

320

压下雨水。被陌生的人们，用竹篓装走。
是的。我看到这棵树从未停止孤独，老无所依的分娩。
而我们的驻足，收成，都是一回伟大的祭祀。


## 时 差

十年前。我的家在对面。屋前是苦楝树，是磨刀石，
　　是两三个无名无姓
锯掉了的树桩，大半个树林是它的躺椅

十年后，我的家在这里。前面是大江东去，后面是一
　　群光秃秃的山头
它们养大的羊群，在树荫下的新坟前歇脚


## 远 近

此处空山静寂，人去楼空
石头是密集的，遁世的菩提

每一寸河流每一枚树木每一朵灵魂
都在接受尘埃遥远而漫长的斧正

只有坟墓，越挨越近


## 情 书

你掉光了牙齿，像一个空荡的门框

我还是愿意用舌头在那空荡中敲门
我还是愿意
想象你幼年时的暑假，如何被暮色拎上岸
在梦里，你牵着月亮，放牧着草原的星星
我依然是你佝偻时的酒色，被你啜饮
你一搅动就会荡漾，我因为你的活着
才意识到活着，是如此的可爱


## 我的父亲

我继承着他的倔强，和他不可开交地吵架。
我翅膀硬了，心里装着不同的人。
我偶尔冷落他，不和他煲电话粥。
他开始像我一样撒娇，质问我怎么不理他
然后笑容爽朗地说想念我。
他老了。可能已经记不清童年时给我绑过的
乱糟糟的马尾，
曾经我背地里暗自叫他榆木疙瘩。他揍我，从一条
　田坎追到一座山上
如同电视剧里策马扬鞭的英雄，如今我已经大了
已经停止了对盖世神功的想象
于是他真的老了
跟我童年执剑裁断的那些脆生生的树梢一样。


## 身　份

每个晚上，我陌生的双手，
紧紧相握。它们在世上毫无亲信。

我的左腿遇见右腿，它们截然不同
用自己的部分风湿。

我的左眼和右眼永不相见，它们从不相爱，
却一同替我流泪。

我的爱人爱着他自己，偶尔来宠幸
一样孤独的我。

我怀有潮汐。喜欢在阳光的时候，让自己在青草地
　上歇一歇。

让我，跟它们，也能在阴影上
找到自己缺少的部分。


## 归属地

六岁时你痴迷田野，用植草的秆吹口哨。
那时候天高云阔，蛇类穿行在阳光下，
我们和蛇，相互避让。彼此都没有危机感。


## 火 车

当她跑到山顶，裤子上挂满了草籽和伤口。
许多的树木的枝节，也挂满了她带来的伤口。
她从山顶眺望这个小镇，看到人们安静地陈列在自
　己的盒子里。

她等待的那列火车，也仅仅是盒子的一部分
车厢们亲密地陈列，人们安睡
日光令他们的雀斑清晰。这列火车即将离去
像它到来那样仓促，如往事的訇然长逝。
她的母亲也是陈列其中的部分，未经过任何仪式的道别。
她错过了那列火车，也仅仅是盒子的一部分


## 甘心老去

我这一生都会爱这样一个女人，爱她
从不矫饰的小错误
方言和含碱的牙齿，在河床上
形成她下体的凹槽
也就是形成她，被余晖践踏得深浅不一的妊娠斑

很多年以后，也会有一个人那么爱我
把肋骨折进我的棺室
甘心成为祭品和墓志铭，甘心
叫我一声母亲
而我的母亲，从来甘心老去
甘心老去，成为一个外婆


## 月 亮

一天八个小时的沉睡，我这
进入冬季的金蟒
青苔遍野的沙漠上，前行着陌生的异性
两枚熄灭的车灯是我的双眼

那无辜的双眼，收获了
你洁白的银两，它们低廉
被抛售在一贫如洗的小镇上空
夜晚跋山涉水。汽笛的声音立定在
臃肿的霉菌之上
我罕见的两粒珍珠，一只尚是少女，一只
是餐桌上经历霜打的茄子
男人的手像干枯的桉树。繁荣，寂寞，无所安慰
它们是成熟的月亮，返潮的水响中
倒映一个婴儿的啼哭，它安心地吮吸着
自己的手指，一截盲肠，或父亲的虚脱之物
我看见它们假寐在黑暗的眼角，涌出
像我一样柔软的河流。在我母亲
敞开的谷仓中，像一颗
未滚出来的泪珠


## 哦，妈妈

没有一个女人，承载这样的称谓
走过消毒水笼罩的医院，黑色瘀血
奔向下水道的巷口。不同的女人，在身体剖出坟坑

开始发育的胸部，正像是一部分
滋长的妇科疾病
这些年不同的人，倾慕我年轻的躯壳
在流水中转身。良药
与因此死去的牲畜共同烹制

墓葬中悲悯我的面孔和玫瑰如出一辙

"哦，妈妈
在这偌大的人世，有多少不可估计
将抛弃的部分？

而这些，
是否是我们与生命
相互辨认的理由？"


## 孤独的旅人

对于许多人来说，目的地才是有意义的
我却偏爱旅途，甚至厌倦结局的达成
我爱苍翠乔木羸弱的童年，更甚于
繁茂的青春期。在所有的长途列车上，行人
戴着疲倦的枷锁，他们夜不能寐
窥视着暗处的危机，在白昼则用眼皮掐架
只有像我一样无聊的人，才会关心丝瓜藤上
结出的太阳，屋檐下分飞的新燕
才会细心剥离城市建筑物遮盖的爬山虎
想象它们占山为王的样子，远处的玫瑰
为它们一次次出嫁。我有一颗被群山放养的心
与这世界做着孤独的亲戚

# 宇 向

## 虚怀若谷

那样的人
有种显微镜
看分子。看小又能独立生活的古细菌
看心思细密看战战兢兢
看紧致看至美
直至看到没有

那样的人
旁观的
仰视的
鄙视的
无视的
总有一个
闭上眼并怀有宁静
就有另一张写字桌。一种石门，阴凉的出口
以及这之间的空洞
空洞有一圈黑边
能恰当又及时地框住一个名字的那种黑边
割青草的气息
透过
一个人与另一个人之间的缝隙
也像
那样的人

在一个人不能够更紧地贴住另一个人的地方
没有什么能使其站稳脚跟
空无一物的心
空无一物的指，空无一物
现出来
一个时刻就临近
长成大陆架
绵延丰饶
升起寸草不生的喜马拉雅

你极力记住以期保有它
就连你想到它都是在毁它


## 楼下的邻居

楼下的邻居泼出一摊水
那时我抱着一沓牛皮纸邮件走过

楼下的邻居突然扭亮红灯
我在走，没有停止

楼下的邻居惊起暗处的白猫
我把垃圾倒进深不可测的桶

楼下的邻居立在楼道口
我从隧道另一头走来

楼下的邻居熟悉这一整片楼区

除了我

楼下的邻居嚅动着嘴巴
我没有答案

楼下的邻居，手插进口袋里掏东西
不当的念头，来自我

楼下的邻居从未触碰我
在我被深深地触碰时

楼下的邻居有无声的老母亲，和一条叫个不停的狗
我晾晒的内衣有水，在滴落

楼下的邻居加盖房屋，种葡萄
那时，我垂下窗帘

楼下的邻居爬上屋顶，修剪藤蔓
那儿，我得待在那儿

楼下的邻居来敲门，狗跟着
我得疏通，疏通烟囱，为升起的事物

楼下的邻居说，水，漏到他家了
这世上其他的地方对我不再有意义

## 葬圣彼得

遗骨在他们身上

他们在挖

往深里挖

往宽里挖

似乎不是埋第一任教宗

而是，在埋

一堆又一堆泥土

流着泪他们本该

站在空旷下

而遗骨在身上

他们便得以挖

不停地

往深里挖

往宽里挖


他们要熄灭的大海
远远地向他们涌来



## 劈　柴


去劈

长满眼睛的树

去劈

满身伤疤的树

劈那个按照自己的形象

创造它们的主

树的主

去劈

主身上的眼睛

去劈
主的伤疤
它们立在自己的墩上
等待着起泡的手
抡斧头
干净利落


## 羁 绊

海浪按下
礁石的肩头
我困在
我的椅子里
造念头
缓缓地
太阳在我的脚下
升起
星星也是
似乎那精确的瞬间
是我，在仰头诅咒
而一头枯黄扭动的长发
在我垂下脑袋时
盖住了细水长流的眼泪
在紧要的关口
我成为没有痛苦的形象
端坐。得体
镇守着
每一扇身旁的门

被摸得光滑闪亮
如空气。光线
展开寂静中翻腾的微尘
迎向，那
朝我而来的

# 袁 磊

## 到武汉接小狼狗

走 20 里村镇公路,坐巴士进城
赶动车至省会,然后乘地铁、转公交
留汉这几年,父亲越看越像
老顽童。从岑河到省城,倒腾大半天
并不是为了看我,一心只惦记着我给买的
小狼狗。却总免不了向我抱怨:遵江夏以流亡
我混迹的只不过是武汉附属,诗人遭流放的地方
好像他的儿子是某王室后裔,遵古制
就该待在古郢,老死乡野
而当我拿新城规划驳斥,他总能在书本中
找到理由,说父母在不远游
读书人首先该做的是侍奉父母,武汉不是谁想待
就能待的。好像我这样一个写诗的
不配待在武汉城。气氛僵了
可当我牵出小狼狗,他顿时便化作慈父
一把抢在怀中,边理顺绒毛边呼唤乖乖
那情形真像小时候,他与母亲闹崩
远涉百里,从外公那儿接我
回家

# 楼

天气稍凉的时候，我喜欢站在还建小区最高层

阳台上看楼。情况大致是这样的：月浊星稀，不见乌鹊

而城区多霾，总有新建楼盘打着探照灯

穿过密匝的高楼和街区，拨弄着城市烟火，为夜空

掌灯。一切都很遥远

我更喜欢光着脚，像小时候在乡下那样的

背着膀子，学古代高士

在卧室和客厅间来回踱步，企求发现大问题

有时会挽着女友，倚在窗边

指点远处那几点霓虹和星火，仿佛搬进这栋还建房后

我就成了城里人，只做高雅的事

但房租偏高，还有物业和网费……

早已压得我喘不过气来

在乡下，父辈们只埋头经营泥土

绝没有遭遇我这样的困境

每次缴完租子，我就像贫农被刮了油

如土匪被缴了械，就想起父辈来

做个老实人，抱起女友踮完房子的角落

称一称这些日子

究竟有多重


# 担 心

若小区顶层这套两居室还建房背倚群山可通性灵

前瞻江湖可明耳目，我便甘愿在此

扎下根来，独为异乡客，做个老实人
如求道者清修，以语词为圣物
按我每周一首的进度，诗应是值得朝拜的
那么每早我可在阳台倚两小时，望长江奔涌
看朝霞是如何温暖世界的。而每晚我可独坐飘窗前
叹黄昏易逝，只与鸟禽和植物为伍
如古高士迈入晚年不关心人类和生死，只着迷于虚无
但事实是：在这套两居室还建房顶层，纵以诗的方式
我也不可能眺见长江，而群山迤逦近在咫尺
却总隔着密匝高楼，还有人，即天涯吧
所以我烦楼下钢材铺老板如烦刽子手，他惯使电锯
切钢筋和其他坚硬事物，连带几声尖厉的锯声如刑犯
领死，最后的呼叫，更像在磨我棱角
而晚间集群式的犬吠夹杂着主人几声怒吼，总像在提醒我
异乡客的身份，直至凌晨，有运货车打破寂静
粗暴之声碾过头顶，使我不自觉地抓紧被单
如拱桥下的流浪汉，担心被拖走


## 风水学

加班中巴驶上长江我们就开始在白沙洲大桥上眺望武汉的
楼，都是立在空中面朝逝浪和虚无
江水澹澹，我搞不懂哪栋高楼能收留异乡客和漂泊者
但在大桥上，女友远比开发商和城市规划者更有信心能
改造好武汉城。这个主修建筑的女孩子总能在恰当的时机
搬出风水学推翻某些沿江楼盘的设计，并悄悄告诉我
禁忌在哪里。但对神学和机会主义我从不抱幻想
在武汉，我相信人定胜天，更相信纵使再生出一双手脚
也难以在省城扎下根来，如汉水汇入长江

那么自由的活。可真到了快让人绝望的时刻
女友又会动用修辞学的本领，用好听的话将诗人灌醉
并将小脸蛋埋进我心窝，仿佛在聆听江水的怒吼
或隐退


## 培 坟

半盏苞谷酒将我放倒在松林。我趴下
以落叶的姿态，低于草木
享受自然的昭示，适应枯萎。外公老了，母亲的背影
还像少女。生活啊，如一个嗜食者坏掉的脾胃
装满了石头和碑文，我是说小舅
那天我们喝了酒，约定赶在天黑前上山，为大舅
培坟。面若关公者手握镰刀，背如弯月者欲伐尽孤苦
小路不在了，我们拔杂草、伐荆棘，乱石中穿梭
彼此照应，却如两个赶去决斗的人
迷失在山林


## 买菜记

我总觉得城北马山湾菜场小摊位低头忙碌的那位是我的
母亲，吆喝女声打败了童年的虚荣心
四点半出门，我才能逮着闲暇在买菜路上做我想做的：
只逗落日和小东西，与草木混在一起
在枣树与苕叶间找小肥虫，掐枝叶发出的清香能让我嗅出
回忆：割麦插秧请工难，母亲得忙着张罗好菜
我喜欢吃肉，还有刘师傅拌凉菜。我爱菜香所以我爱农忙
和麦草的味道。搬进城市后，我却痛恨母亲的这门手艺

倒卖小菜和酸腐，害怕随了母亲的身材、面相和命
而此时我却似乎变成了母亲：买菜，在异乡保全自己
我不喜大荤，爱时令菜，青椒是每餐必备的
小女友喜欢小南瓜和嫩的，两个兄弟各有所爱。众口难调
如打理工作，我得在出门前都想好，有时会捎些水果、小
　玩意
生活教会了我浪漫。小女友过来小住的时候
我喜欢牵着手或背着膀子如小皇帝逡巡，在菜场转圈
听大妈吆喝，却像对我抒情，把我不当外人
而归途总爱追赶落日，如暮雨追赶挑麦者
无论生活多难、多重，我都得挑起日子为所爱的
奉上美食和小甜蜜


## 悖　论


自《诗经》出世，为何两百年后才有汉语诗
传世：兮。为何《离骚》开篇于寻根
复述自身来历。为何遵两水流亡，在当下
是通往中南五省的中心。为何我自沙市至沔阳
汇入武汉，走的竟是古楚流亡路
有理由相信，亡楚之境，屈原绝望的享年
在于还乡。更有理由相信，屈原投水在秭归
家乡，不在汨罗江。尚能考证的是：某月
某年，父大醉，以良田十亩、房舍数间
劝我回乡。父亲不懂，纵使在武汉多么不济
我还有百年盛世，我还有千里江山

## 摘薤白

沿花山余脉东南向两公里，过武成城铁高架
就能在南山下遇见陶潜晚年描绘过的场景：草盛
豆苗稀。有瓦房五间，守林人坐堂前只顾埋头
摘小白菜，对付杂草和荒芜
春雨过后，我便可徒手在橘树下拔薤白当药治咳嗽和
思乡病。而小家伙总爱藏身树根拱出的侧凹与腐木、败叶
为伍，不与茅针和别的草争高低，领受自然的昭示
默默地。南山葳蕤，自有动车呼啸凿石壁而过
形同呼应。在松木搭建的凉棚下，我可盘腿而坐边剔除碎泥
边滤清杂念，与守林人近相呼应
然后随便靠着点什么，和草木歪在一起被春风灌得不省人事
夕露沾我衣。我只需薤白一把，赶在天黑前
带回家去


## 顺 应

不清楚那几个湖是如何长在武汉的，也不懂长江奔涌
是如何横切武汉阻断汉水的。穿隧道过东湖
不见湖线迤逦，乘地铁过长江未闻逝水滔滔
那一日我站在龟山发射塔顶观琴台盛景和传说，正思忖
长江一桥如何飞架南北，一列高铁恰巧夹裹着江风、呜咽
悄悄滑过长江，早已顺应了现代文明
在楚天大厦楼顶望省博飞檐观车流，我深知纵使穷尽耳目
掏尽风骨和词根，也无法摸清那条隧道是如何穿湖底而过的
正如同瞎子在街边佯装先知倒腾星相学，却掐不准自己和命运

那么我也是不是应该顺了潮流，不关心来处和去处
委身尘土，以小人物的姿态着迷生死
尽力去爱


## 凌晨与弟书

刚扯满落地窗，上弦月恰好攀上中天
微风拂过帘如浪送来星光浮动，且当助兴吧
我与堂弟聊得正欢，才不管天上
悬着的那点事儿。术士迟暮，已无力掐准世界
未来和我操心的与众星之间的关系
而星光浮动总惹人联想，古高士者可借此推演世事
沉浮，我们只想退回童年
堂弟寡言、木讷，没道理呀，我干过的混账事儿
他全干过：偷瓜、群架，用童年的顽劣对付父亲的鞭子
还有老师的教育学。十六，已高出我半头
当谈及梦想、责任和男人的担当，他总是羞于启齿
如乾嘉学士埋首故纸堆，他从不关心成人后的事
少小辍学、离家，投奔我月余就吃过两次耳光
我没少用巴掌对付他的坏脾气，并非震慑
依照我的处境，把他培养成诗人或知识分子
也无力将他教育成别的样子，在城市安身
立命。遵叔父吩咐，我只需教他为人，早点在社会
站立。长兄如父，但任我穷尽语词使出对付诗歌的所有
绝技，堂弟却如石头般躺在那里假寐起来
聊着聊着我就聊成了族长和最年长者，仿佛已阅尽世事
沧桑。但依我童年的野心，真想过如何更好安置族人
犯我族者不可饶，找个好地方将岑河镇迁过来，比如武汉
江夏，我已在此置下三居室湖景房。忽一日我发现童年

景象已模糊，我的想象业已渐近缺失，约等于
无。正如我失去了、抓住了爱和生活，已无力再对别的女人
豁出去、动情。而此刻晚风已歇，我无法探知众星方位
术士迟暮，唯有堂弟的鼻息将我遣回童年的土砖房
听父亲的微鼾如同大地的呼应。堂弟竟成了父亲
给我安慰。真是奇怪

# 张新泉

## 危 楼

还有一群活物住在里面
一至三楼为乞丐
十楼以上猫鼠鸟杂居
自杀者说，从楼顶跳下去
可以直接升天

拆除方案已定
但工程车和民工一致要求
必须有警察持枪陪护
理由是，有人在墙角
看见白骨和绣花鞋
而酷似人声的猫叫
一声比一声凄惨……

楼底是早年的火葬场
据说魂灵拱动时
楼会摇晃

## 大风吹我

从外到内
搜了 N 遍

无非是：
三块腹肌
两脚老茧
有旧爱，无新仇
刺于右臂的匕首
早已褪尽锋芒
老花眼里的平仄
正在煮碱熬盐

拜托
白发丛中
孵着
一窝鸟蛋


## 悼赵一曼


### 1

你不止一次看见自己的血和骨头
看见生和死。看见
皮开肉绽，体无完肤

### 2

即使是零下的雪，一丝暖气就能回到水
只要供出土中的根，承认自己是树

### 3

你又一次昏死过去了赵一曼
昏死在烙铁烫出的烟雾中

那烟雾用狂草代你写了一个大字：不！

## 4

你见过无数卧身枪膛的子弹
杀死你的这一颗，爆响时如一声闷哭……

## 5

历史说，无须再寻她的遗骸了
她和那匹白马，常常出没在云天高处


## 埋

一铲，又一铲泥巴，撒在棺盖上
润润地响。有时夹带着瓦砾
声音就沉些；有时夹带着叹息
时间就会拉长
你铲来的泥巴里，有金龟子、蛐蛐儿、花骨朵
每一铲都体贴，都称得上厚葬
后来，落土声止于一声炸雷
接踵而至是倾缸大雨
天地如一口巨棺，埋人的和被埋的
处境都变得一样……

我脱下棺里的黑，加了一件衣裳


## 太平间

一格一格大抽屉

哪一格里睡着你?

八百里外烧纸钱
遗像面前撒把米

前世修得同屋睡
瞪眼的男人闭眼的女

名字吊在脚趾上
孙哦钱，赵哦李

烧心的冷，刺耳的静
冷了静了才会守规矩

管抽屉的问我还看不看
吐掉烟头去冲方便面

泡椒辣，汤鲜美
抽屉里有人吞口水……


## 城厢镇，流沙河锯木处

此处该建一座皮影戏院
重现那批蛇神牛鬼，戴罪当年
人物形似即可
切忌加工、渲染
老舍投湖，罗广斌跳楼
教授放羊，画家背纤……
依儿呀呼嘿嘿

锣鼓点子软硬兼施
横吹斜拉短笛长弦

木屑纷纷
流沙河出场时步履虚幻
比杨白劳瘦，比螳螂丰满
袖手低眉逆风行
满天飞锯齿，锯齿飞满天
念其是在本乡服役
可将那锯声定作主旋
钻心刺肺的嘁嘁嚓嚓
先刮掉你的人籍
再画你一张鬼脸……
流沙河还健在
那场浩劫尚未冬眠
城厢镇少一座家具店无妨
神州缺了这出皮影戏
历史的大菜便少了腥和咸


## 风又吹

许多朝代都趴下了
尘世太脏，还得使劲吹
把众多纸做的泥做的冠冕吹破
把鳏夫寡妇送入洞房
让不朽与永恒统统作废……

我含着的这缕风
是留给箫和埙的

天低云暗时，替一些人和事
唏嘘、流泪


## 劈柴垛

劈柴垛在哀牢山腹地
在巨大的苍莽与静谧之中
整齐地垒放于一些草屋门前
或者，栅栏似的树木之间
那么纯净和睦地靠在一起
让你触到一种敦厚的民俗
一种超越物质的沉稳和自信

许多欲望便如此相形见绌了
只为着草屋为着火塘而自重的劈柴垛啊
在哀牢山腹地，袒露被斧子劈出的剖面
让我敬畏，让我轻蔑许多浅薄的热情


## 天生我才

有书出版，有字发表
不得不承认自己有点才
但心知肚明，那才
只有麻雀那么小
庆幸与许多大动物
活在同一个时代
热闹场合，看得见巍峨的
狮、象、虎、豹

入不了流派，进不了圈子
看腕们出将入相，变脸，吐火
脚凉手冷时，在掌声中
仰泳，泡澡……

大才走大台子，照聚光灯
小才走小巷子，朝月亮笑
月亮看我时神态平和
很像宋代那个女词人
的名字：李清照

## 岁月摇滚

就那么几十年
就那么一段黑与白
一天追一天

就那么几十年
比兔子的尾巴长
比一条橡皮筋短
风筝飞起时，便证实
你高不过一片纸
谁在琴键上苦苦摸索
谁就已经失语多年
美是自娱自乐
爱是相互取暖
大量的有盐无味
泪才说，我就是你的苦与甜

就那么几十年
就那么固执地
风摇树。牛啃草。鹰巡天
就那么吻过之后又咬噬
暴力结束再给血迹献花环
一些石头粉身碎骨一些做了碑
一些钟羽化另一些坚持在人心高悬

骑驴看唱本的后代们
正在游戏机上飙车
他们即兴挖掘的高薪陷阱
让同行者戛然止步，人仰马翻

# 张远伦

## 好 命

我家在陡坡边，梯田取天然地势
冬天蓄水，可以直饮，可以照倦容

满面瘢痕的老刘，坐在田埂上洗红苕
他捡来的女儿死于血癌

姑娘好命，死在我的怀里
比死在风雪中好

姑娘好命，死在我的怀里
比死在打胎针下好

冬阳下的老刘，如一个沉实的红苕
出奇地平静

冬水满百田，一坡到底
这个并不干净的村子，像水洗一样

## 暗 渠

爷爷，你有多种手法
在大地上请水

为了带走初冬最后的几片桉树叶
你曾加固毛狗坡的明渠

为了让春水形成倾泻
你把莫家土的弯渠改直，改陡

为了留住奶奶洗衣的黄昏
你把长坎子的直渠挖深，形成回旋

某年你忽然想要一个陡峭的家
不得不把混凝土浇筑在水渠之上

爷爷，你用新的手法请水
还教会我伏地静听，水花的暗叫

今年冬天，一段沉默的水，低微、缓慢
我得用哀悼之心，才能听见它


## 庇 佑

疾病是白光，那么轻，近乎虚幻
人体里的阴影都不是黑的

疾病在身体的对立面，像一块幕布
锁骨之下，是平面的一生

疾病可以折叠、可以卷筒
可以被一根橡皮筋，捆起来

疾病在塑胶纸上，两片残肺
提起来走上天桥，未见一丝摇晃

你看，深冬的庇佑如此宽广
所有阳光都是口服液

所有寒霜都是药粉。你看
久治不愈的，不是你，是人世间


## 那卡：回水沱

她喜欢回水，可以写比喻句
象鼻卷水
他喜欢回水，可以抹去泡沫
洗身子
她喜欢回水，阴沉木流落在此
像是避难
她喜欢回水，呛着的鱼嘴
拱她的背脊

她喜欢回水，因为回水会在秋阳中
变空、变干，淤泥上可以写一个"姆"字
她喜欢回水，因为回水会在秋雨中
把"姆"字洗去，无声无息

## 那卡：找太阳

姆说把虚楼上的簸箕移到木栏边来
找太阳
那卡说苞谷太重，移不动，太阳好难找
姆说换成小筛箕
一排，六个，化整为零找太阳
太阳先是在院坝里
然后是在吊脚楼上，最后
是在六个筛箕里
有一个筛箕里有一双赤脚。诸佛村
最有耐心的太阳，翻墙入室
蹑手蹑脚来到阁楼
找到了那卡。那卡根本就不用找太阳


## 那卡：悼辞

崖边曾经供奉过土地菩萨
可它阻挡不了你跌落的身子
你扯过无数救命的草药
唯独医治不好你的断腿
你是村里最高大的女人
五十年来却瘸着面对空荡的村庄
你已经来不及抵达重庆
逼仄的地缝已经不容你再次转身
我曾经那么相信大地和诸神
请原谅我不能朝它们跪拜下去

祖母呀，发奶的通草已经用完
为了我的女儿，请告诉我
你的所有悬崖，你的全部密径


## 那卡：悔过书

老荫茶和椐木子①，形状一个样
这次采错了，下次绝不
结瓜的花和不结瓜的花，颜色一个样
这次采错了，下次绝不
水鸦雀和喜鹊，尾巴一个样
这次弹错了，下次绝不
放牛路和毛狗路，宽窄一个样
这次走错了，下次绝不
家坟和野坟，高矮一个样
这次拜错了，下次绝不
吊脚楼与铁笼子，大小一个样
姆呀，我此生入错了，来世绝不


## 灰 二

洪水进村
水位刚好够着石磨的下唇
灰二站在石磨顶上
神情淡然
只有外婆凫水

---

① 椐木子，方言，学名不详。

向村庄高处撤退的时候
灰二才会跃入水中
跟着游出来
一只老狗
绝不比外婆先走
直到黄昏浑水渐渐低落
灰二才跟着外婆回家
女儿说洪水害怕天黑
狗害怕独居
雷电害怕穿过村庄那些空房子


## 隐　居

哑巴呀，丝茅草总是往芭茅草身上挤
我深爱这大风骤起的时刻

草叶和草叶缠在一起
总是在暮色中说鬼话

老马总是露出一线孤寂的背脊
夕阳总是骑上去，又掉下去

空山总会劝离落日
垂下的马尾，总像我对你的道别

哑巴呀，你的无语，是我辽阔的隐居
我深爱这大风骤起的时刻

## 无所指

这面堤坝长外婆的小菜
还长端午的解毒草
大水冲过什么都没有了
露出的废铁
伸着枯瘦的手指
指证那好蓝的天空


## 村庄取掉暴雨红色预警

黄水一层一层剥开
露出白白的清河温泉
这景象
就像污水里救出一个婴儿
因为晕厥
而无边宁静
仿佛静等外婆插足而回


## 顶　点

诸佛寺的顶点，和严家山的顶点
形成了对峙之美
夹缝里是小小的诸佛村
我在这里生活了十年
发现对峙是顶点和顶点之间的事情

我只能在谷底仰望
有一次，我登上诸佛寺
看到了更高处的红岩村和红花村
它们的顶点加进来
就形成了凝聚之美。这点发现
让我突然忘却了十年的鸡毛蒜皮
和悲伤。竟然微微出神
把自己当成了群山的中心

# 郑小琼

## 尘 世

人世微苦，像一枚月亮投入夜空
天空那么大，黑暗那么无边，它那么微小
却是唯一，苦，是清澈的，泛着亮光
我推开绿盈盈的细节，在蝴蝶的翅膀

写下褐黑诗句，寻找庄园纯洁的图谱
拆揭的瓦片残留往事的细节，我在纸上
写下一群人，她们悲哀、清凉，谈论
假山、水井、雕花，玫瑰庄园的阴影

他们在拆，在砸，我从荒凉间寻找
祖母清晰的痛楚，庄稼在春天弯腰
某棵尚未砍伐的树木，它们意识尚清
或许某根枝条还保留往昔景致

推土机在不远处推开雨水、泥土、山坡
一只雀鸟疾行翻飞，它们蜷缩屋檐
窗外的风探寻深埋的面孔，我该怎样表达
破碎的青瓦、黎明，辽阔的尘世，悲愤

有人怀念这倒塌的庄园，城市的树枝
伸出阴影，时间在窗棂上孤立，东风带来
古老信件——明月，散落的光，像汉字涂抹

微苦的尘世，用博爱，也用怜悯，心间还有

薄冰，像失落在庄园的风景，在消融
即将消逝的庄园，尘土埋祖母，于我
只有一种声音，它清素，热烈，汹涌
我遇见的庄园，在瓦砾间，闪光，迷茫


## 泪 水

暮雨残留青春，把头伸入庸碌岁月
她梦见嘉陵江边寂寞的田凫和红颜
张张脸在泪水间浮现，风吹送茫然
落日陷落……青黑色枪声擦过黑夜

嘉陵江仍旧布满古典而庄严的忧郁
晓风诉说山河的战乱和百姓的颠簸
月光似檐雨缓缓滴淋，洗涤树林
花瓣、石头与假山，永恒的悲伤

星星扑动轻盈翅膀，像暮色花丛
蛾群，它闪亮的羽翼，红烛似蛹孵出
屏风、乌木椅，院后的桑枝抽出春天
抽出嘉陵江边，春雨中无名小镇

故国焦急释放于东逝的水流
模糊背影与旧朝代的庭院屹立
水的温柔埋葬一个又一个朝代
泛起一个又一个波纹，涟漪旧梦

百姓种豆种瓜，收麦割禾，贫瘠大地
束缚般难行，佝树保留旧朝风调
祖父读报中灾难国度节节败退的新闻
混乱的尘世，小镇依旧月白天空

暮雨浸透庄园藤蔓、神像、器皿
镜中泪水，滴瘦妆台的面容
世事隔帘雨，隔她寂寞生活
故人随浪远行，落花庭院凋零


# 庄　园

它的幽暗是我明亮的诗篇，阴濡的春雨间
剩下孤独的背影，纸窗棂下有隐秘的羞涩
纯洁的蓝变成忧郁而伤感，它敛收翅膀
时隔多年，我读它的衰老、疲惫、冷清

这么多年，我无法接受昆曲中的缓慢
它有江南一样绿色的伤心与清凉
时间以相同的方式传递疼痛的关节
黏腻的人世间站满避雨的行人

石阶像梦一样长，绸质的生活遍布雨水
她倚着门框，目睹消失于雨中的旅入
他们是尘世遗弃的碎骨，有江南的绮绿
它已经衰老，斑驳成静止的木刻画

雨已落尽，世事似戏已终结
人走灯未熄，它还照亮孤独的灵魂

那些门扉，还没关闭，它们还有
相同的旅程，美丽焚烧它的脸庞

木头化雷霆，闪电读石头的诗篇
墙与雕窗孵化旧梦，温暖或者冷清
树木依旧扶着阳光生长，燕卵模仿
春天的啼唱，时间的汁液滋润流水

一寸一寸地阅读来自庄园内部的诗篇
从后窗的竹林漂来深井样的孤寂
废弃的庄园在黑夜里令人陌生
她用烛灯拦截住时间，点燃宿命


# 星 辰

过去的星星，今天的幻象，偏北的方向
北极星的阴影，我站在黑暗中，那些我曾
看见的事物，它都已不见了，它们在消逝
星辰落于旷野，树木落叶秋天，祖母们长眠

天空素净剩下白雪，时间颓废唯余旧墙
山水一天天枯瘦下去，命运已渐趋向寡淡
池塘装满鱼群与菰茭的寂寞，白昼穿上
黑礼服，头顶绽裂出银河般的纽扣

时间在镜中穿来梭去，我用祖母草木般
柔弱的名字穿过庄园落花般的暮年
黑屋顶送来童年的湿树、烟雨、惊悚
昏暗的走廊站满了落难的祖先与宿命

祖宅的阴郁窒息天空，春夜吹瘦落花
乳燕飞过横梁，冷雨或者暗流，山水
跟庭院一起变旧，颓废中伤心，旧枝
新芽，星辰从春转移到秋，还有什么

雪雨阴晴，我用心拭擦着旧宅的边界
雕花的窗棂，木头委身于时间的伤害
石头甘于深思的沉默，我享受庄园的
安静，倾听大江、草木与细微的檐滴

旧宅遍布对星辰的敬意，从雕栏到天井
微妙的星斗扩大庄园的风景与迷境，旧居
寂而声音，星辰用微光点亮祖母的魂魄
记下夜、旧宅、月亮，以及一树的秋色


## 眼　睛

我迷恋暗夜那双看不见的眼睛，闪烁
往昔残留迹痕，附体废墟身上的精灵
传闻让玫瑰庄园变神圣，废弃干枯井间
没找到水鬼与蛇精的洞穴，发臭腐败的泥

缠绕植物的根、叶、虫尸。冷漠的现实
击碎深处的幻想，井下无数未知的事物
隐匿，井洞清澈的回声，水中倒影、天空
消失，绳子断裂泥里，地上与地下，生与死

水井，古老而神秘的连通器，它掘开未知的

地下，它像大地上的眼睛。砸烂的墙、木头
石块，门敞开，像张开的嘴，房内凌乱
如今它沉默，阳光静悄悄照耀庄园

神秘像幻觉，在耳边响起，在后花园
它仅仅是记忆，它会闪烁，会溅起水花
虚构的细节，我相信古老的神秘的
素描，它们无关冰冷而坚硬的事实

简单宁静，温热轻盈，踉跄在童年
树叶中迷失黑暗的精灵，也是我
无法触摸的星辰降临人间，带来的神秘
给幽闭生活带来梦境，呈现的风景

在树木与井的形体外，它用古老语言叙述
幽秘处的心灵，玫瑰庄园有一双神秘的眼睛
在漆黑的睡眠中，藏匿暗处的幻觉会出现
在颗颗寂静迷惘的心灵，闪烁，黑暗中


# 笛

埋首尘世生活，流泪，微笑，哭泣，他深信
雨滴淋湿干涸的心，善良驯服野蛮，时间
洗涤罪孽，有罪的灵魂忏悔，他无法偿还
家庭成分带来的痛，顺从天命或者血统

绵延阶级带来的耻辱与哀伤，秋风吹送
衰老的庄园带来的苦与痛，砸抢后屋舍
触手可及的满眼疮痍，布满了血与泪水

夜色在回味昔日玫瑰，幽居的后花园

渗出荒凉幽秘的香艳，像旧梦结痂的伤口
惊飞夜鸟，窗棂边斑竹林浮出瓦檐与锈门环
残缺、凄清……他瘦削、苍白，长笛声中有他
苦的肉身与灵魂，苦艾般的声音布满

辽阔的夜，微小的颤抖的心，他用长笛
熬出苦汁，喂养人生，他守着旧庄园
赎罪的旧身体装满旧器具与时光，旧锁
拴住内心黯淡门楣，囚禁旧时光里

不敢有婚姻，不敢……秋风收藏他疼痛的
命运，还有什么不可放弃，星星变成石头
砸在地上，血汁酿成的斗争，他梦见批斗
梦见投江，梦见上吊，梦见河滩上枪声，尸体

我不敢想象他的生活，他会在深夜敲门
低声地对亲人说"讲话小心，运动
要来了"，胆怯与惊慌成为我童年的记忆
他用绝望熬制汤药，医治他的不幸命运

# 祝立根

## 访山中小寺遇大雾

与一场大雾对峙
我也有一颗孤岛的心，看万物
各怀心事、互为峭壁
空中的白鹭，越飞越慢
一点一点丧失自己……
我想要抽身逃跑，一转身
却又迎面撞上了
山中小寺，一声急过一声的木鱼

## 卡伦小镇的湖

白桦林向相反的两个方向生长。晚霞
一会儿在天空，一会儿在水底
一面镜子，里外的
两个世界，互为彼此
互为替身和坟墓。我也想
一个在岸上谈笑风生，被流水的大巴带走
另一个，可以一直坐在岸边上
什么也不做，什么也不想
像一个怀揣着双重暮色的石头

## 意 外

落日挥动巨剑
江水，拉动寒光闪闪的大锯
山峰因焦虑加速了陡峭……路过怒江州
意外出现在悬崖上
居然栽种着桑树、木瓜，藤蔓般的炊烟
居然有人家，图钉那样钉在悬崖
想想也不应该感到意外，这年头
又有谁能拥有一个平原
身无悬崖地活一辈子


## 真 相

困在流水里的
五官抽搐的那个人不是我
扭来扭去挣扎的那个人不是我
那个浑身紧绷，正在
魂飞魄散的人，真的不是我
我真的不是那个撕扯流水，一会儿像哭
一会儿又像在哈哈大笑的怪物
我否认，我的骨头全是软的
我否认天上地下，纷纷扬扬的
那些刀光和大雪

坐在流水的边上，我双手捂脸
否认，我曾经举起过一块大石

又偷偷把它放回了原地


## 原 因

我有羡慕一只麻雀的诸多原因
自由是一个原因
不惧怕一脚踩空是一个原因
活在虚空里是一个原因
麻雀虽小、五脏俱全，也是一个原因
不像我，胸膛被掏空了，只剩下一个躯壳
还一直在牢笼里寻找丢失的魂魄


## 圆通寺的一个下午

放生池的水，有泪水之咸
不可以啜饮
空中的落叶，有烙铁之烫
不可以用额头去触碰
圆通山动物园里传来的
狮吼和猿啸，里面藏着一个人世的
断崖，不可以用心去聆听
殿中的菩萨，也不可以去参拜，看一眼
就有无边的心事，涌上心头
我只想做一个水面上的
梦游者，独坐湖心亭
借一只白鹭，飞去飞来的轻
向你们寄送问候，以及
这些年一直丢失在外的灵魂

## 与友书

你看，我又撞上了栅栏
大路朝天，我却越走越窄。这些年
小心翼翼，料不到却辞职
赋闲，一个小职员的穷途末路
不值一哂。忆昔日挥手作别，我们
长发飘飘，每个人都胸怀一列远方的火车……
谢谢你们！夜郎谷的琴声
真的抚平了我眉心的沟壑，胸腔里的汪洋
已被一束白茅草花照亮
谢谢你们！清风明月酿造的酒
一杯就醉，一杯就将我送上了云端
多少年了，我的心一直在下沉
我的骨头，一直在苦苦支撑……
唯今夜，身体的脚手架拆卸一空
窗外的细雨，又一次跳跃入耳
入心，那些欢快的小鼓点
我理解了，都是生活赐予的奢侈品……
明天早上我就带着妻儿回昆明了
在那儿，一个浮在水面上的城市，我将继续
做一个岁月的合同工，磨字
写诗，闲暇时向你们寄送
茶和好天气。如果里面还夹杂着
风声和刀光，请不要为我担心
那是我枕边的滇池，在梦中
又一次向我扮了一个鬼脸
吐了一吐它白色的舌头

## 在元阳梯田

砍野草，砍荆棘，亦砍心中的
妄念和疲惫
我只想守一亩三分田，种水稻
养谷禾鱼，兼养
抬头看云的好心情
山下人声鼎沸，江水呜呜
浮华，有着漩涡般的吞噬力
我只在那儿换盐、打刀
和不多的熟人校对口音——
我也不会再爬上对面的山顶了
我去过那儿，日落的地方
回首所见的，家和浮世之间
唯有我砍下的，一片凌乱的刀光


## 午后的筇竹寺

尖的是喜鹊、茅草，过多的
自由的时光。钝的是石头、浮云
山腰上，沉沉浮浮的木鱼
困住我的，是身体里的杂物，落满尘灰的
铁仓库，我想搬空它们
我想往身体里，请进浮云和鸟鸣
我还想请一尊瞌睡的罗汉，流光中
他赤足、袒腹，手中掉落的桃枝
已经在身边长出了一片茂密的桃林

## 杧果的声音

"像一个被江水裹挟的人，狠狠撞上了巨石"
他说："从树上掉下的杧果
最香最甜。"尘世间
处处都藏着刽子手，就像他
视身边的一声声闷响，为自己的替身
一次次从高处跳下。他多想
坐在一条愤怒的大江边上，安静地
品尝余生的甜和香
但他跟着江水去了大海
那儿的渊薮，更加辽阔，而且没有岸


## 玩笑与奇迹

暮色漫过胸膛，我们走向荒山
一群诗人，也是一群失魂落魄的人
像一支乡村送葬的队伍，我们
开寿终正寝者和年龄最小者的玩笑
石头来自山下的采石场，长眠者
多来自附近的村庄。晚风如巨掌
擦亮墓碑，擦亮了我们的额头，最后的天光下
那个最爱开玩笑的家伙，扒开荒草
对着墓碑，一一喊出了我们的姓名

## 胸片记

我真是我自己的囚徒
那年在怒江边上，长发飘飘
惹来边防战士，命令我，举手
趴在车上，搜索他们想象的毒品
和可能的反骨，我不敢回头
看不见枪口的距离，真的把一个枪口
埋在了胸口，从此后我开始怀疑
我的身上，真的藏有不可告人的东西
我的体内，真的长着一块多余的骨头
填简历，我写得一笔一画；说明情况
我说得絮絮叨叨。哦
就是个农民的儿子，尘土中的草根，有什么
值得怀疑，有什么值得怀疑
不信，你搜，我的肺腑中有没有淌着多于别人的污秽
我的心肺，有没有为人世的光阴，熏得发黑

在医院，再一次我举起双手
把胸膛贴在砧板上，把脸，埋在黑暗中


## 春天的梧桐

我曾经在落日弥漫的人民西路
目睹过，这些木讷人
制造的巨大悲凉，落叶漫天
束手无策的人哪，除了我

还有那个瘦小的环卫工。人世的悲伤
究竟有多么不可测度
即使，在这个短暂的、洗心向上的时刻
春天的梧桐——我在环城西路看见的那些
干的工作，依然是在为那个痛哭日
疯狂地制造着倾泻的弹药


## 夙 愿

站在怒江边上，我一定羡慕过一只水鸟
贴着波涛的飞翔
离开故乡我穿过了怒江
回到故乡，同样需要
有过一次，在怒江的吊桥上我反复地
走去又走来，反复地
穿过怒江，迷恋着脚下的波涛和胸中
慢慢长出迎风羽毛
那是一个灵魂出窍的黄昏
滔滔江水就像朝圣者，手捧着烛光
仪式般的行走一直持续到了我的梦中
那天晚上，在江边旅馆
我一再梦见一只水鸟，在辽阔的江面上
飞翔，像在寻找着什么，又似乎一无所求

图书在版编目（CIP）数据

2017 年度诗人选 / 朱零编 . -- 北京：作家出版社，
2018.4

ISBN 978 - 7 - 5063 - 9863 - 3

Ⅰ . ① 2… Ⅱ . ① 朱… Ⅲ . ① 诗集 – 中国 – 当代
Ⅳ . ① I227

中国版本图书馆 CIP 数据核字（2018）第 000477 号

## 2017 年度诗人选

编　　者：朱　零
责任编辑：李宏伟
装帧设计：合和工作室
出版发行：作家出版社
社　　址：北京农展馆南里 10 号　　　邮　　编：100125
电话传真：86 - 10 - 65930756（出版发行部）
　　　　　86 - 10 - 65004079（总编室）
　　　　　86 - 10 - 65015116（邮购部）
E - mail: zuojia@zuojia. net. cn
http: // www. haozuojia. com（作家在线）
印　　刷：三河市北燕印装有限公司
成品尺寸：152 × 230
字　　数：167 千
印　　张：24.75
版　　次：2018 年 4 月第 1 版
印　　次：2018 年 4 月第 1 次印刷
ISBN 978 - 7 - 5063 - 9863 - 3
定　　价：42.00 元